KB113760

FANTASTIC ORIENTAL HEROES
임영기 新무협 판타지 소설

등룡기 5

임영기 新무협 판타지 소설

초판 1쇄 찍은 날 § 2014년 6월 24일
초판 1쇄 펴낸 날 § 2014년 7월 1일

지은이 § 임영기
펴낸이 § 서경석

편집부장 § 권태완
편집책임 § 박가연

펴낸곳 § 도서출판 청어람
등록번호 § 제387-1999-000006호
등록일자 § 1999. 5. 31
어람번호 § 제2-2511호

주소 § 경기도 부천시 원미구 부일로 483번길 40 서경B/D 3F (우) 420-822
전화 § 032-656-4452 팩스 § 032-656-4453
http://www.chungeoram.com
E-mail § chungeorambook@daum.net

ISBN 979-11-361-9091-8 04810
ISBN 979-11-5681-982-0 (세트)

目次

제42장 해룡 대 소림사   7

제43장 똥 밟았다   39

제44장 현신(現身) 천신권(天神拳)   63

제45장 천불갱(千不坑)   89

제46장 우정 그 진실한 의미   119

제47장 정공법(正攻法)   145

제48장 나는 행운아   171

제49장 나의 절대자   193

제50장 무림추살령(武林追殺令)   217

제51장 무영검가   241

제52장 야망에 대하여   277

第四十二章

해룡 대 소림사

중원 한복판에 어떤 소문이 파다하게 퍼졌다.

―권혼을 손에 넣은 해룡방주 무진장 도무탄이 제 발로 소림사에 직접 찾아갔다.

지금은 변방을 제외한 천하를 중원이라 하지만 예전에는 하남성이 중원이고 낙양을 중원의 한복판이라고 했다.

소문의 진원지는 낙양이었다. 그리고 그 소문은 바싹 마른 풀이 수북하게 뒤덮인 들판에 붙은 불길처럼 삼시간에 천하로 퍼져 나갔다.

무림의 모든 이목은 소림사로 집중됐으며, 의문과 의혹이 난무했다.

그중에서도 무진장 도무탄이 대체 무엇 때문에 제 스스로 소림사에 찾아갔느냐는 것이 가장 큰 의문이다.

그것은 도무지 이해할 수 없는 일이었다. 권혼을 손에 넣었으면 장차 무림제일고수는 따놓은 당상이고, 더 나아가서는 영세제일인이 될 수도 있을 터이다.

그러므로 아무도 모르는 곳에 숨어서 절학을 연마해야 할 판국에 어째서 그것을 포기하고 제 발로 무덤으로 들어갔느냐는 것이다.

무진장 도무탄이 미치거나 혹시 바보천치가 아닐까? 하지만 산서성 최고부호인 해룡방주 무진장이 얼마나 영리하고 정신이 똑바로 박힌 사람인지를 잘 알고 있는 사람들의 증언에 의해 그 의문은 설득력을 상실했다.

행여나 권혼을 얻을 수 있지 않을까 하는 허황된 욕심으로 천하에서 모여들어 녹향을 추격하고 그다음에는 그의 딸 녹상과 도무탄을 연이어서 뒤쫓았던 무림인들은 그 소문에 닭 쫓던 개 지붕 쳐다보는 꼬락서니가 되고 말았다.

무진장 도무탄이 소림사에 제 발로 걸어 들어갔다면 결과는 단 하나뿐, 외길이다.

두 번 다시 세상 구경을 하지 못하고 소림사에서 귀신이 돼야 한다는 것이다.

삼백여 년 전, 고금제일고수이며 혈살성이던 천신권은 자신을 맹추격하는 소림사를 위시한 구대문파 고수 수천 명을 죽인 끝에 제압되어 소림사로 압송, 한철삭으로 꽁꽁 묶여 천불갱에 매달렸다.

그로부터 한 달 후, 천신권은 감쪽같이 사라지고 그가 매달렸던 곳 바닥에 한 장의 얇은 오른팔 인피만이 떨어져 있었다고 전해진다.

그리고 그 인피에는 천신권이 자신의 모든 심득(心得)과 정화(精化)를 응집시켜 담아두었으며, 그것을 손에 넣는 사람은 제이의 천신권, 즉 영세제일인이 될 수 있다는 풍문이 나돌았다.

어쨌든 그 이후 천하에서 천신권을 목격하거나 행적이 발견된 경우가 전무한 것으로 미루어서 그는 소림사 천불갱에서 죽은 것이 분명했다.

대저 소림사 장문인의 점혈수법에 제압된 상태에서 한철삭에 꽁꽁 묶여 천불갱에 매달린 몸으로 탈출한다는 것은 제아무리 천신권이라고 해도 원천적으로 불가능한 일이었다.

그런 소림사에 무진장 도무탄이 제 발로 걸어 들어갔다는 것은 목숨을 포기했다는 뜻이 아니고 무엇이겠는가.

그 소문이 나돌기 시작하자 무림인들은 낙양으로 꾸역꾸역 모여들었다.

소림사에서 가장 가까운 등봉현은 모여드는 무림인들로 인해서 포화 상태가 됐으므로 무림인들은 그곳에서 제일 가까운 낙양으로 운집했다.

낙양은 중원 한복판이므로 그곳에 있으면 소림사에서 과연 무슨 일이 벌어지는지 가장 빠르게, 그리고 정확한 소식을 접할 수 있었다.

권혼을 지니고 있는 도무탄이 소림사에 들어갔으니 이제는 권혼을 얻을 수 있는 일말의 희망도 사라졌다.

하지만 무림인들은 또 다른 이유로 모여들었다. 도무탄은 과연 어떻게 될 것인가.

소림사에 들어간 이상 결과는 불 보듯이 뻔하지만 그래도 무림인들은 그 뻔한 결과를 궁금해했다.

도무탄이 소림사에서 살아 나올 것이라는 기대 나부랭이는 애당초 하지도 않았다.

소림사는 그렇게 녹록한 곳이 아니다. 무림 최강, 아니, 천하제일문이 있다면 단연 소림사다.

천신권도 빠져나오지 못하고 껍질만 남긴 채 산화한 소림사에서 도무탄이 살아서 나올 것이라고 생각하는 사람은 아무도 없었다.

두 번째 소문이 퍼지기 시작했다.

그것은 한두 마디의 말이 아니라 가슴 아프고도 감동적인 하나의 사연으로 소문의 내용은 이러했다.

해룡방주 무진장 도무탄은 천하이미 천상옥화 독고지연을 우연히 만나 서로 열렬히 사랑하게 되었다.

그런데 소림사의 십팔복호호법들은 도무탄의 행방을 알아내려고 독고지연을 합공하여 제압, 납치했으며 태원성의 모처에서 그녀에게 무림에서 금기시되고 있는 분근착골수법까지 자행하면서 악랄한 고문을 가했다.

도무탄은 무영검가의 독고기상을 비롯한 열다섯 명의 무영검수와 함께 십팔복호호법들을 공격하여 치열한 격전 끝에 독고지연을 구해냈다.

그 과정에서 십팔복호호법의 열다섯 명이 목숨을 잃었으며, 소림사는 그에 대한 보복을 암암리에 무영검가에 가하려 하고 있다.

만약 소림사가 어떤 문파를 탄압하기로 작정한다면 그 문파는 멸문, 혹은 봉문을 당할 수밖에 없다.

소림사에 대항한다는 것은 상상할 수도 없는 일이다. 그 결과는 더 큰 참화를 야기할 것이기 때문이다.

그래서 도무탄이 무영검가를 구하기 위해 제 발로 스스로 소림사로 걸어 들어갔다는 것이다.

순전히 사랑하는 여인 천상옥화 독고지연과 그녀의 가문을 구하려는 숭고한 일념으로 자신을 희생한 것이다.

이렇게 해서 무진장 도무탄이 제 발로 소림사로 들어가야만 했던 이유가 밝혀졌다.

소문은 도무탄과 독고지연의 사랑을 지고지순한 순애보(殉愛譜)로 승화시켰다.

또한 사랑하는 여인과 처가를 지키려고 자신을 희생시킨 도무탄에 대해서는 천하의 모든 남녀노소가 열광적인 동정과 지지를 보냈다.

반면에 소림사의 명성과 신뢰는 땅에 떨어졌다. 목적을 위해서는 여자를 납치하여 분근착골수법까지 사용하며 수단과 방법을 가리지 않더니 끝내는 지고지순한 사랑을 짓밟는 파렴치한 행위까지 서슴지 않았기 때문이다.

그런가 하면 대관절 소림사가 무엇이기에 권혼에 대해서 저토록 주인 행세를 하는 것이냐는 항의의 목소리가 여기저기에서 터져 나왔다.

과거 천신권을 제압해서 죽인 일과 현재 도무탄을 핍박하는 것까지 한데 싸잡아서 그것은 소림사의 지나친 광기에 다름 아니라면서 원론적인 비난마저 비등하게 되었다.

원래 무림인들은 소림사의 지나친 독단에 대해서 불평불만이 이루 말할 수 없을 정도로 많았는데 이 기회에 한꺼번에 터져 나오고 있는 것이다.

어쨌든 천하는 무림의 맹주 대소림사를 상대로 사랑을 지키려고 하는 일개인 도무탄의 숭고함에 지대한 동정과 찬사를 보내게 되었다.

그리고 그가 소림사에서 살아 나오기를 간절히 기원했다.

＊　　　＊　　　＊

도무탄은 소림사 지객당(知客堂)에서 혼자 사흘 동안 조용히 지냈다.

소림사는 그가 선의(善意)로, 그리고 혼자 스스로 찾아왔기 때문에 되도록 정중하게 대접했다.

그렇지만 그것은 어디까지나 장로회의에서 최종 결정이 내려질 때까지의 일이다.

도무탄을 어떻게 할 것인지를 결정하는 소림사 장로회의는 사흘이 지난 오늘까지도 계속되고 있는 중이다.

그러나 장로회의에서 어떤 결정이 내려지든 도무탄에게 유리할 일은 없을 것이다.

지객당은 여러 채의 전각과 별채로 이루어져 있었는데, 도무탄은 그중에서 오유봉(五乳峰) 아래의 호젓한 별채에서 지내고 있었다.

그러나 겉으로 보기에만 호젓하지 사실은 보이지 않는 곳에서 수십 명의 소림무승이 도무탄이 묵는 별채를 감시하고 있었다.

별채 밖에는 한 명의 동자승이 서 있는데 도무탄의 시중과 잔심부름을 맡고 있다. 하지만 도무탄은 한 번도 동자승을 부른 적이 없다.

도무탄은 사흘 동안 별채 안에 가부좌의 자세로 앉아서 운공조식을 하고 있었다.

하루 세끼 밥을 먹을 때와 밤에 두 시진쯤 자는 것을 제외하곤 줄곧 운공조식만 했다.

그도 사람인 이상 호랑이 굴에 들어와 있는데 긴장이 안 될 리가 없다.

그럴 때는 운공조식을 하는 게 최선이라는 사실을 그는 이곳에 와서야 깨달았다.

운공조식을 하니 모든 잡념과 불안이 사라지고 오히려 깊은 평안을 느낄 수 있었다.

이곳에서의 운공조식은 그가 지금까지 해온 운공조식하고는 달랐다.

여태까지는 그가 구태여 일부러 운공조식을 할 필요 없이 체내에서 상시 저절로 운공조식이 진행되고 있었다.

독고지연과 녹상이 그의 혼혈을 제압하고 귀식대법을 전

개해 놓은 상태에서 거대한 바위 아래 틈새에 감춰놓고 추격자들을 유인하러 떠났을 때, 그는 거기에서 괄목할 만한 깨달음과 발전을 이루었다.

운공조식을 해야지만 생성되던 권혼력을 언제든지 마음만 먹으면 무궁무진하게 생성, 발출할 수 있게 되었다.

뿐만 아니라 오른팔에 있던 권혼력이 위치를 옮겨 단전으로 제자리를 잡았다.

그런가 하면 그가 일부러 힘들여서 운공조식을 하지 않아도 하루 종일 자나 깨나 상시 운공조식을 하는 신체로 탈바꿈했다.

지금 그는 이곳에서 권혼심결 삼 초식을 운공조식하고 있었다.

문득 이 기회에 난관에 부딪친 삼 초식에 도전해 보자는 생각이 들었고, 이곳에 온 첫날부터 줄곧 삼 초식에 매달려 있는 중이다.

권혼심결의 일 초식은 심법구결이고, 이 초식은 녹상이 천신권격이라고 이름 붙인 네 개의 놀라운 실전 무공의 변화가 담겨 있는 초식이다.

그리고 삼 초식은 도대체 무엇인지 알지 못했다. 실전에서 사용할 수 있는 초식 변화가 아닌 것만은 분명한데, 그렇다고 심법구결은 아닌 것 같았다.

일 초식에 심법구결이 있는데 구태여 하나가 더 필요할 이유가 없었다.

심법구결도 아니고 실전용 초식 변화도 아니라면 그게 과연 무엇인지 그가 알고 있는 무공에 대한 일천한 상식으로는 도저히 짐작조차도 할 수가 없었다.

그랬는데 삼 초식의 구결을 처음부터 차근차근 여러 차례 시도해 본 결과 놀라운 발견을 했다.

결론적으로 말한다면 삼 초식은 신공(神功)구결이었다. 그렇지만 도무탄은 '신공'이라는 개념을 모른다. 그저 지금까지 배운 일 초식이나 이 초식하고는 전혀 다른 새로운 무공이라고만 생각할 뿐이다.

삼 초식의 구결대로 운공조식을 하여 권혼력을 체내에 삼주천(三周天)시키면 뭐라고 형언하기 어려운 극강의 기운이 머리끝에서 발끝까지 전신을 당장에라도 폭발시킬 듯이 팽팽하게 만든다.

힘이 뻗쳐서 그것을 밖으로 발출하지 않으면 권혼력이, 아니, 한 단계 승화된 고도의 기운이 온몸을 태워 버리거나 산산조각 내버릴 것처럼 체내에서 들끓었다.

그러나 소림사 지객당 별채에서 그 기운을 체외로 뿜어내서 시험해 볼 수는 없는 노릇이다. 그렇게 하다가는 필경 무슨 소리가 나거나 그것에 적중된 무언가가 부서지고 말 것이기 때문이다.

그 대신 그는 그 기운을 다스리는 일에 주력했다. 그 기운을 일으키면 기다렸다는 듯이 전신이 폭발할 듯 팽팽해지는 것을 다스리지 않는다면 그 기운으로 무엇인가를 해보기도 전에 자신이 다칠 것이라는 생각이 들었다.

사실 예전에는 권혼심결 삼 초식을 아무리 운공조식을 해도 별다른 반응이 없었다.

그래서 이것은 구결만 있는 허수아비 같은 초식이라는 생각이 들었다.

그런데 거기에는 그럴 만한 이유가 있다. 그 당시에는 권혼력을 일으키면 오른팔로만 주입되었기 때문에 권혼심결의 일 초식으로만 운공조식이 가능했다.

그런데 이후 권혼력이 단전으로 제 위치를 잡았고, 그러고 나서 이곳에서 처음으로 삼 초식을 운공조식했는데 성공한 것이다.

그러니까 삼 초식은 권혼력이 단전에 있어야지만 운공조식이 가능하다는 뜻이다.

사흘째 저녁에 동자승이 갖다 준 소채 요리로 배불리 식사를 하고 나서 두 시진쯤 지났을 때 도무탄은 비로소 소기의 목적을 이루었다.

삼 초식을 운공조식하면 권혼력이 한 단계 승화하여 온몸을 폭발할 듯이 들끓던 현상을 수십 차례의 시도와 시행착오 끝에 마침내 가라앉히는 데 성공했다.

그리고는 줄기차게 삼 초식을 운공조식하면서 그 과정을 숙련했다.

그러는 과정에 자연스럽게 이름을 지었다. 현재로썬 이 초식 천신권격만 이름이 있어서 그 자신도 가끔은 혼란스러울 때가 있었다.

그래서 일 초식은 그냥 편하게 '권혼심법' 이라 부르기로 했으며, 삼 초식은 권혼력을 더욱 단단하게 만든다는 뜻으로 '권혼강공법(拳魂罡功法)' 이라 하고, 권혼강공법으로 만들어 낸 극강의 기운을 '권혼신강(拳魂神罡)' 이라고 명명했다.

아무래도 권혼력보다는 훨씬 더 강한 느낌이 들어서 그렇게 지었다.

그렇지만 아직 완성된 것은 아니다. 어쩌면 이제 삼 초식 권혼강공법에 막 입문을 했는지도 모른다.

우선 그 기운, 즉 권혼신강을 어떻게 사용하는지 전혀 알 수가 없다.

그것이 무엇인지 그 실체조차도 모른다. 다만 그것을 생성하는 방법만을 깨닫고 익혔을 뿐이다.

"시주."

그때 별채 밖 입구에서 누군가의 정중한 부름이 들렸다. 생각에 몰두하느라 누가 별채로 다가오는 기척을 감지하지 못했다.

"장로들께서 시주를 모셔 오라고 분부하셨소."

도무탄을 안내한 사람은 어깨에 한 자루 검을 멘 당당한 체구의 젊은 승려였다.

고요한 산사의 마당을 굽이굽이 돌아서 도무탄이 안내된 곳은 지객당에서 그리 멀지 않은 고색창연한 건물의 장로원(長老院)이었다.

불을 환하게 밝힌 실내에 네 명의 노승이 벽을 등지고 나란히 앉은 모습으로 도무탄을 맞이했다.

"앉으시게."

네 명 중 왼쪽에서 두 번째의 동글납작한 얼굴에 짧은 수염을 기른 노승이 앞에 놓인 빈 의자를 가리켰다.

도무탄은 의자에 앉으며 실내를 둘러보았다. 실내 구조가 회의를 하는 곳 같다.

양쪽에 두 명씩 검을 멘 젊은 승려가 벽을 등지고 서로 마주 보고 서 있는데, 그중 한 명은 도무탄을 이곳으로 안내한 승려다.

하지만 그들은 도무탄을 쳐다보지 않고 정면, 그러니까 허공을 응시하고 있다.

마치 우리는 여기에서 무슨 일이 벌어지는지 전혀 상관하지 않겠다는 모습이다.

"노납들은 회의 끝에 시주를 어떻게 할 것인지 결정을 내렸네."

이번에는 조금 전에 말한 노승의 오른쪽에 있는 갸름한 대춧빛 얼굴에 흰 수염을 길게 기른 노승이 카랑카랑한 목소리로 위엄 있게 말했다.

"노화상들께선 불초가 누군지 아시오?"

"알고 있네. 해룡방주 무진장 도무탄, 도 시주가 아니신가?"

대춧빛 얼굴의 노승이 깊은 눈빛으로 도무탄을 주시하며 대답했다.

"노화상들께선 불초가 누군지 아는데 나는 노화상들이 누군지 모르고 있다는 것은 조금 불공평하지 않소?"

죽을지 살지도 모르는 신세인 그가 장로들의 법명을 모른다고 불평하고 있다.

대춧빛 얼굴의 노승은 도무탄의 말을 묵살하고 할 말을 계속했다.

"노납들이 내린 결정은……."

"불초는 노화상들이 누군지 물었소."

네 명의 노승은 잠자코 도무탄을 응시했다. 그렇지만 아무도 자신의 법명을 말하지 않았다. 하잘것없는 도무탄의 요구에 일일이 반응하지 않겠다는 모습이다.

도무탄은 꼿꼿한 자세로 당당하게 요구했다.

"노화상들은 불초가 죄인이라고 생각하오?"

탕!

"그럼 죄인이 아니라는 말이냐?"

맨 오른쪽에 앉은 커다란 체구에 밤송이처럼 짧고 거친 수염을 기른 노승이 손바닥으로 탁자를 세게 내려치면서 호통쳤다.

그는 조금 전 화가 나는 것을 참고 있었는데 이번에는 분통을 터뜨리고 말았다.

도무탄은 방금 말한 노승을 똑바로 쳐다보았다.

"내 죄가 무엇인지 그럼 네가 한번 말해봐라."

"저놈이?"

밤송이 수염의 노승이 벌떡 일어났다.

"여기가 어디라고 함부로 주둥이를 놀리는 것이냐? 죽고 싶은 게냐?"

도무탄은 조소하는 듯한 미소를 지었다. 그는 밤송이 수염의 노승이 자신에게 하대를 하기에 똑같이 대해준 것이다.

"똥개도 자기 집 앞에서는 더욱 크게 짖는다더니 너도 여기가 소림사라고 그리 짖어대는 것이냐?"

"이, 이, 이놈이…."

밤송이 수염의 노승은 분노를 참느라 주먹을 쥐고 몸을 부들부들 떨었다.

도무탄이 손바닥으로 자신의 가슴을 탁탁 치면서 호탕하게 웃었다.

"하하하! 똥개가 그렇게 싸우는 게 소원이라면 여기 산서성에서 온 해룡이 상대해 주마!"

그는 천천히 일어나 의자 옆의 공간으로 나서며 밤송이 수염의 노승을 향해 마치 동네 똥개 부르듯이 손가락을 까딱거렸다.

"이리 와라. 네 말대로 내가 죽나 네가 죽나 한번 싸워보자꾸나. 응?"

"으으으, 저 쳐 죽일 놈을 당장……."

"자리에 앉게."

밤송이 수염의 노승이 불같이 화를 내며 도무탄에게 가려고 하자 왼쪽 옆에 앉은 고아한 풍모의 노승이 잔잔한 목소리로 만류했다.

밤송이 수염의 노승은 길길이 화를 냈으나 고아한 풍모의 노승 한마디에 즉각 꼬리를 내리고 공손히 고개를 숙이더니 자리에 앉았다.

고아한 풍모의 노승은 도무탄이 왜 그러는지 깨달았다. 그만이 아니라 다른 노승들도 그 이유를 알 수 있었다.

하지만 그들은 도무탄의 반응이 맞다고 여기면서도 용납하지 못했다.

이곳은 소림사 한복판이고, 도무탄은 죄인의 입장으로 무조건 공손해야 하며, 자신들은 존경을 받아 마땅한 위치에 있다고 생각하기 때문이다.

다만 밤송이 수염의 노승은 그것을 행동으로 직접 표출해 보였을 뿐이다.

고아한 노승은 도무탄에게 오른손을 가슴 앞에 세워 보이며 가볍게 고개를 숙였다.

"아미타불, 노납들이 결례를 범했네. 용서하시게."

용서를 비는 것은 진심이 아니다. 그 정도는 도무탄도 알고 다른 노승들도 알고 있다. 중요한 것은 대단한 소림사의 장로가 용서를 빌었다는 사실이다.

도무탄은 고개를 끄떡이면서 웃었다.

"하하하! 불초는 남의 집에 와서도 예의를 잘 지킬뿐더러 도량 또한 넓소. 그러니 용서하지 못할 것도 없소."

고아한 풍모의 노승은 한 뼘 정도의 풍성한 은빛의 수염을 쓰다듬으며 말했다.

"노납들의 소개가 늦었네. 노납은 이들의 맏형인 능각(凌覺)이네."

소림사에는 네 명의 장로가 있으며, 그들이 소림사의 대소사를 대부분 심의하고 결정한다고 도무탄은 이곳에 오기 전에 독고지연과 독고기상에게 들었다.

물론 뭔가를 결정해야 할 때에는, 특히 그것이 큰일의 결정일 경우에는 장문인의 허락을 받아야 하지만 그들의 결정을 장문인이 거부하는 경우는 거의 없다고 했다. 소림사가 무림의 맹주 격이므로 그들이 무림 전체를 쥐락펴락한다고 해도 과언이 아닐 터이다.

그들이 바로 소림사로(少林四老)이며 무림에서는 철심사각(鐵心四覺)이라고도 부른다. 피도 눈물도 없는 무쇠덩이 같은 심성을 지닌 네 명의 각(覺) 자 돌림 노인이라는 뜻이다.

지금 말하고 있는 노승이 소림사로의 일로인 능각이고 칠십구 세의 노령임에도 불구하고 청년 못지않은 맑은 정신력과 체력, 그리고 명성을 지니고 있다.

이들 소림사로는 소위 초절일이삼으로 분류되는 무림고수의 수준에서 '절(絶)'에 속하며 그중에서도 '중'이다. 고로 '절중급(絶中級)'으로 분류된다.

절급에 속하면 절정고수라고 불리며, 당금 무림에서 활동하고 있는 절급 고수는 백여 명 내외일 것이다.

무림에 몸담고 있는 사람의 수가 족히 수십만 명은 될 터인데, 그중에 백여 명이라면 그 지역에서는 가히 신(神)이라고 불릴 만하다.

그런 절급에서도 절중급은 기껏 이십여 명 정도이니 그 희소성은 일 성(省)에 한두 명이라고 보면 된다.

천하는 넓디넓으며 기인이사는 모래알처럼 많다고 하지만 이미 은거하여 오랜 세월 동안 활동을 하지 않는 고수들은 예외로 쳐야 할 것이다.

소림 장문인 무각 선사(無覺禪師)는 '절상급(絶上級)'이며 모르긴 해도 천하를 통틀어 절상급은 다섯 명 남짓일 것이다.

"이 사람은 원각(元覺)이고 삼 사제일세. 조금 전에 삼 사제가 결례한 것을 널리 이해하시게."

능각 선사가 조금 전에 분노하던 밤송이 수염 노승을 가리키며 소개했다.

그 소개는 그냥 소개가 아니라 은연중에 원각 선사에게 무엇인가를 종용하는 것이다.

밤송이 수염의 원각 선사는 헛기침을 두어 차례 하더니 도무탄에게 한 손을 세우고 예를 취했다.

"조금 전에는 결례했네. 용서하게."

능각 선사가 은연중에 압력을 넣어서 용서를 구하는 것이지만 원각 선사는 진심 어린 표정이다.

그렇다고 해도 도무탄은 그것이 진심이라고 믿지 않았다. 하지만 그는 손을 저으며 껄껄 웃었다.

소림사로가 몸과 마음을 굽히는 것은 도무탄에게서 권혼을 회수해야 하는데 시끄럽게 만들지 않으려는 의도이다.

"하하하! 마음에 두지 마시오."

보통 상대가 실수를 인정하고 사과하면 이쪽에서도 마주 사과하는 것이 예의인데 도무탄은 그러지 않았다. 실수는 너만 하고 나는 그러지 않았다는 뜻이다. 그리고 그것을 모를 리 없는 소림사로이다.

능각 선사 왼쪽에 앉아 있는 동글납작한 얼굴에 퉁퉁한 체구를 지닌 노승이 너그러운 미소를 지었다.

"노납은 둘째인 인각(仁覺)이라 하네. 모쪼록 시주하고의 대화가 잘됐으면 하네."

도무탄은 포권을 해 보이곤 마지막 맨 왼쪽의 노승을 쳐다보았다.

"노납은 단각(斷覺)일세."

가장 젊은, 그래서 소림사로의 넷째일 것이라고 짐작되는, 단정하고 깔끔한 외모에 만약 머리를 깎지 않았으면 속세의 때 묻지 않은 청수한 노학자로 보일 듯한 풍모를 지닌 노승이 짧게 자기소개를 했다.

단각 선사는 긴말을 하지 않았다. 이런 자리에서는 구구한 말이 필요 없다는 뜻일 게다.

도무탄은 소림사로 네 명이 다 만만치 않아 보였으나 그중에서도 일로 능각과 사로 단각을 조심해야 할 거라고 판단했다. 소리장도(笑裏藏刀). 그 둘은 미소 뒤에 날카로운 칼을 숨기고 있는 느낌이 강했다.

단각이라는 법명은 끊을 단(斷)에 깨달을 각(覺), 즉 깨달음을 끊는다는 것이다.

말하자면 골치 아프게 이것저것 생각하지 않고 거침없이 행동한다는 뜻이 아니겠는가.

"노납들이 결정한 내용을 알려주겠네."

능각 선사가 세속을 초탈한 듯한 모습으로 조용히 말했다.

"말씀하시오."

도무탄은 빙그레 미소 지었다. 그의 모습에선 죽거나 횡액을 당하러 소림사에 제 발로 걸어 들어온 사람이라는 생각이 조금도 들지 않았다.

능각 선사는 아주 큰 자비를 베푼다는 표정과 손짓을 해 보였다.

"도 시주의 권혼을 회수하겠네. 그 대신 도 시주를 무사히 본 파에서 내보내 줄 것이고 무영검가에도 책임을 묻지 않겠네."

능각 선사는 부드러운 미소와 함께 '자, 어떠냐? 이 정도면 큰 자비를 베푼 것이 아니냐?' 라는 표정을 지었다.

소림사로서는 제법 큰 아량을 베풀었다. 십팔복호호법 열

다섯 명을 죽였는데도 권혼만 회수하고 도무탄과 무영검가를 다 용서한다는 것이다.

원래대로 하자면 도무탄은 옛날 천신권이 갇힌 천불갱 같은 곳에 갇혀서 권혼을 뺏기고 죽을 날만 기다려야 했을 것이다.

그리고 무영검가 또한 소림사의 보복에서 결코 자유롭지 못할 터이다.

그런데 어째서 능각 선사가, 아니, 소림사가 이리도 통 큰 자비를 베풀겠는가.

도무탄은 그 이유를 잘 알고 있다. 지금 온 무림, 아니, 온 천하의 관심이 소림사에 집중되어 있기 때문에 무소불위의 대소림사라고 해도 몸을 사릴 수밖에 없는 것이다.

현재 온 천하에 비등한 소문, 즉 도무탄이 소림사에 제 발로 걸어 들어갔다는 것과 그와 독고지연의 순애보, 소림사가 무영검가에 보복하려 한다는 소문 등이 삽시간에 천하로 퍼져 나간 것은 사실 도무탄의 지시로 낙양에 와 있는 해룡방의 전 수하가 나팔수처럼 떠벌리고 다녔기 때문이다.

도무탄이 아무런 대책도 없이 소림사에 제 발로 걸어 들어왔겠는가.

"어떤가? 그리하겠는가?"

능각 선사는 이 제안을 도무탄이 무조건 수락할 것이라는 듯한 미소를 지었다.

도무탄은 속 빈 수수깡 같은 미소를 벙긋 지었다.

"그렇다면 불초가 결정한 내용을 말해주겠소."

너희들의 결정을 말했으니 이번에는 내 결정을 말해주겠다는 것이다. 말이야 바른말이다.

소림사로는 순간적으로 무슨 소리냐는 듯 어리둥절한 표정을 지었다.

도무탄의 말이 비수처럼 그들이 어리둥절한 가운데 깊숙이 파고들었다.

"소림사는 이제부터 권혼에 대해서 손을 떼시오. 그리고 불초의 아내를 납치한 일을 불초와 무영검가에 정식으로 사과하시오."

어리둥절하던 소림사로의 얼굴이 어이없다는 듯 변했다. 순간적으로 그들은 복잡하게 많은 생각을 했으나 한 가지만은 분명하게 깨달았다.

좋은 분위기에서 웃는 얼굴로 나누는 대화가 결렬됐으며 이제부터는 강압이 동원되어야 한다는 사실이다.

어쨌든 소림사로는 이때까지도 자신들이 도무탄에게서 권혼을 회수하는 일이 실패할 것이라는 생각은 추호도 하지 않았다.

"허허헛! 도 시주는 자신의 처지와 입장에 대해서 전혀 모르고 있는 것 같군. 도 시주는 지금 본 파에 놀러 온 것 같은 기분인가?"

이로 인각 선사가 누가 봐도 마지못해서 웃는 것 같은 표정으로 넌지시 꾸짖었다.

도무탄은 웃음이 나와서 참기 어렵다는 듯한 표정을 지었다.

"소림사 무공은 누구의 것이오?"

동문서답이다. 그러나 이것이 오늘날의 무진장 도무탄을 존재하게 만든 현란한 말재주다.

단지 말재주만으로는 그는 이미 초절일이삼의 초극고수 수준일 것이다.

쿵!

"그야 소림사 것이지 누구의 것이겠느냐?"

생긴 것만으로도 성질이 급하다는 것을 한눈에 알 수 있는 밤송이 수염의 원각 선사가 말장난하지 말라는 듯 주먹으로 의자의 팔걸이를 세게 치면서 눈을 부라리며 으름장을 놓았다.

도무탄은 그럼에도 표정의 변화가 없다. 원각 선사가 화를 내든 숭산이 붕괴하든 제 할 말은 하겠다는 의지의 표현이다.

"그럼 권혼은 누구의 것이오?"

능각 선사와 단각 선사는 얼굴이 슬쩍 굳어졌고, 인각 선사는 미간을 찌푸렸으며, 원각 선사는 머리를 한 대 맞은 듯 멍한 표정을 지었다.

"지금 말장난하자는 것이냐?"

"자고로 사람이란 할 말이 궁해지면 화를 내는 법이오."

원각 선사가 바르르 화를 내자 도무탄이 버릇없는 아이를 꾸짖듯이 태연하게 지적했다.

"소림사 무공은 소림사의 것이고 무당파 무공은 무당파의 것, 그리고 권혼은 천신권의 것이오. 불초의 말이 틀렸으면 틀렸다고 말해보시오."

당연하면서도 예리한 지적이다. 그가 이런 식으로 나올 줄 예상하지 못한 소림사로는 한동안 적당한 말을 찾으려 애썼으나 뜻을 이루지 못했다.

이런 상황에서는 무슨 말을 하더라도 죄다 자신들에게 불리할 것이기 때문이다.

"아미타불, 과거 천신권은 혈살성으로 수많은 살행을 저질렀기에 본 파가……."

인각 선사가 어쭙잖은 말재주로 상대하려다가 오히려 도무탄에게 말려들었다.

"지금까지 천신권이 더 많은 사람을 죽였소, 아니면 소림사가 더 많이 죽였소?"

도무탄이 하는 말의 내용이 나름 심오하고 복잡해지자 소

림사로 중에서 셋째인 원각 선사는 이미 통제력을 잃고 화를
불끈불끈 내면서 옆에 앉은 첫째 능각 선사의 표정을 살피고
있다.

방금 도무탄의 물음에는 아무도 대답하지 못했다. 정확한
답은 모르겠지만 아무래도 천신권보다는 소림사가 더 많이
죽였을 것이라고 짐작하기 때문에 섣불리 말을 꺼내지 못한
것이다.

도무탄의 조용한 목소리가 실내를 울렸다.

"천신권은 불과 육 년 동안 활동하다가 사라졌지만 소림사
는 북위(北魏) 효문제(孝文帝) 때 천축국(天竺國:인도)에서 온
발타 선사(跋陀禪師)에 의해 창건된 이후 지금까지 천 년 가까
운 세월이 지났소."

"음."

인각 선사가 자신도 모르게 나직한 신음을 흘렸으나 도무
탄은 모르는 체 말을 이었다.

"천신권은 불과 육 년 동안 활약하면서 살인을 저질렀소.
더구나 그가 죽인 사람의 구 할은 자신을 추격하는 구대문파
의 고수들이었소. 그 말은 그를 추격하면서 괴롭히지 않았으
면 구 할은 죽지 않았을 것이라는 말이오. 즉, 소림사가 천신
권에게 살인을 강요한 것이오."

이즈음에 이르자 능각 선사와 단각 선사는 침통한 표정을

지었다. 도무탄의 말이 정확하기 때문이다. 유구무언, 할 말이 없다.

이를테면 소림사는 사람을 백 명 죽인 천신권을 잡으려다가 구백 명을 더 죽음으로 몰아넣은 것이다.

그러니까 천신권은 단지 한 자루 칼이었을 뿐이고, 실제 그 칼을 휘두른 것은 소림사라는 것이다.

"이놈아, 그건 천신권이 먼저 수많은 살인을 저질렀기 때문에 본 파는 살인을 멈추게 하려는 의도에서 어쩔 수 없이 그랬을 뿐이다!"

원각 선사가 벌떡 일어나 주먹을 휘두르며 목과 이마에 핏대를 세웠다.

머리가 잘 돌아가지 않는 사람, 즉 원각 선사 같은 인물은 이런 식으로밖에는 대거리를 할 수가 없다.

다른 세 명의 장로는 굳은 얼굴로 잠자코 있다. 지금 변명을 하는 것은 자승자박(自繩自縛)이고 누워서 침 뱉는 격이기 때문이다.

도무탄은 원각 선사를 아예 논외로 치고 말을 이었다.

"당신들 소림사의 논리대로 하자면 소림사도 혈살성이니까 소림사 제자를 전부 제압해서 천불갱에 가두고 소림사 무공도 강제로 뺏어야 하는 것 아니겠소?"

원각 선사는 불같이 화가 났으나 다른 세 장로가 침통한 얼굴로 침묵을 지키고 있자 자신이 뭔가 착각하고 있는 것은 아닌가 하며 고개를 갸웃거렸다.

"만약 소림사를 제외한 팔대문파와 무림의 명문세가들이 연합하여 소림사를 혈살성으로 지목하고 제재를 가한다면 당신들은 어쩌겠소? 항거하겠소, 아니면 고스란히 처벌을 받겠소?"

소림사는 절대로 잠자코 처분을 바라지도 않을 것이며 자신들의 죄를 인정하지도 않을 것이다.

길은 외길이고, 그것은 저항하는 것이다. 그러면 소림사는 또 다른 천신권, 즉 혈살성이 되는 것이다.

한바탕 거세게 몰아붙인 도무탄은 이윽고 결론을 내렸다.

"그런 의미로 천신권의 권혼에 대해서는 소림사가 하등 간섭할 권한이나 자격이 없소. 소림사는 이미 천신권에게 씻지 못할 대죄를 지었소."

소림사로는 말로는 도무탄을 굴복시킬 수 없다는 사실을 깨달았다.

더구나 그의 말이 하나도 틀린 것이 없다는 사실이 소림사로의 마음을 답답하게 만들었다.

이제 남은 것은 도무탄을 강압적으로 제압하는 방법뿐이다.

소림사로는 지식과 덕망이 높고 수양이 깊은 인물들로서

자신이 그런 짓을 해야만 한다는 사실에 깊은 자괴감을 느끼고 있다. 물론 삼로 원각을 제외하고 말이다.

그들은 소림사가 주관하는 무림의 평화와 자신들이 감당해야 하는 자괴감 사이에서 잠시 고민했으나 그리 오래가지는 않았다.

무림의 평화가 훨씬 더 중대하다는 사실에는 의문의 여지가 없기 때문이다.

도무탄은 자신의 몇 마디 말로 인해서 소림사가 물러설 것이라고는 추호도 예상하지 않았다. 다만 그는 소림사가 그 정도로 염치가 없으며 엉터리라는 사실을 일깨워 주고 싶었을 뿐이다.

도무탄은 암암리에 권혼력을 극한까지 끌어 올려서 온몸에 골고루 보내고는 지금의 팽팽한 분위기와 자신은 전혀 상관이 없다는 표정과 목소리로 말했다.

"무림에서는 누가 나를 공격하면 나도 반격을 하는 것이 당연한 일이오. 고분고분하게 죽지 않으려면 그럴 수밖에 없지 않겠소?"

이제부터 너희들이 공격을 하면 나도 가만있지 않겠다는 경고지만 소림사로나 양쪽에 서 있는 네 명의 청년승 중에서 겁을 먹는 사람은 아무도 없었다.

더욱이 소림사로는 방금 도무탄이 한 공격적인 말에 다소

위안을 받았다.

　그가 그렇게까지 나온다면 강압적으로 그를 제압하는 것이 조금쯤은 덜 부끄럽기 때문이다.

　"넷째."

　능각 선사가 눈을 감으면서 조용히 중얼거리자 단각 선사가 천천히 일어나 도무탄에게 다가갔다.

第四十三章

똥 밟았다

도무탄은 자신이 무력을 사용해서 소림사에서 무사히 걸어서 나갈 수 있을 것이라고는 추호도 생각하지 않았다.

그래서 그는 또 하나의 안배를 해두었다. 낙양에 도착하자마자 손을 써두었기 때문에 지금쯤 안배가 효력을 발휘하고 있을 것이다.

그 안배가 도무탄의 최후의 무기다. 만약 그게 먹히지 않는다면, 그는 이곳에 갇혀서 권혼을 뺏기고 제이의 천신권 신세를 면하지 못하게 될 것이다.

하지만 안배만 믿고 두 손 놓고 가만히 당하고 있을 수만은 없었다.

누군가 때리려고 하면 피하거나 반격하는 게 당연하다.

만약 가만히 당하고만 있으면 그는 예전 천신권이 소림사에 끌려왔을 때의 전철을 밟게 될 것이다.

그리되면 그는 모든 것을 다 잃는다. 사랑하는 독고지연도, 가족도, 그리고 그동안 피땀 흘려서 이루어놓은 해룡방마저도 잃고 그의 창대한 꿈은 물거품이 되고 말 것이다.

그렇지만 그는 두려워하지 않았다. 애당초 그는 두려움 같은 것을 몰랐다.

태원성의 그 엄혹한 시절에 추위와 배고픔을 견디면서 두려움은 깡그리 날려 버렸다.

두려움이 있었다면 그는 오늘날의 해룡방을 절대로 이루지 못했을 것이다.

능각 선사로부터 무언의 명령을 받은 단각 선사는 곧장 도무탄에게 다가오면서도 한마디 말이 없다.

도무탄은 단각 선사가 공격하면 자신은 권풍 권신탄을 발출하리라 마음먹었다.

독고기상은 소림사로가 초절일이삼의 절중급이고 장문인은 절상급이라고 미리 말해주었다.

그렇다면 소림사로나 장문인은 지금까지 도무탄이 상대하고 있던 인물들하고는 질적으로 다를 터이다.

솔직히 자신은 없지만 아무것도 하지 않는 것은 그의 성미에 맞지 않았다. 죽을 땐 죽더라도 발악이나 해보자는 게 그의 심정이다.

만약 그가 제 발로 소림사에 오지 않았다면 무영검가는 소림사에게 큰 피해를 당할 것이다. 모든 것이 자신 때문에 벌어진 일인데 사랑하는 사람의 가문에 그런 막중한 피해를 입힐 수는 없었다.

앉아 있는 도무탄의 두 걸음 앞까지 다가온 단각 선사가 걸음을 멈추지 않고 오른손을 불쑥 내밀었다.

슛―

언뜻 보면 상대의 반격을 도외시한 무모한 행동 같지만 단각 선사쯤 되는 절정고수라면 얘기가 다르다. 그만한 실력과 자신감, 그리고 상대가 반격할 것까지도 다 계산에 둔 행동이다.

그러나 그는 결정적인 실수를 했다. 도무탄을 얼마나 과소평가했으면 두 걸음 앞까지 접근하고서도 걸음을 멈추지 않고 상체를 숙이면서 손을 내민다는 말인가.

단각 선사를 비롯한 소림사로는 도무탄이 권혼을 얻기는 했지만 아직 완벽하게 터득하지는 못했을 것이라고 판단한 게 틀림없었다.

도무탄은 단각 선사가 너무 가까이 다가왔고 또 무방비 상

태인 것 같아서 권신탄을 발출하는 것은 좋지 않다는 생각이
들었다.

권신탄은 상대와 어느 정도 거리를 둔 상황에서 좀 더 효율
적이라고 생각했다.

생각하는 것과 동시에 결단과 행동이 그대로 이어지는 것
이 그의 장점이다.

단각 선사의 오른손은 독수리의 발톱처럼 활짝 벌린 채 도
무탄의 목과 왼쪽 어깨를 향해 쏘아왔다.

휙!

도무탄은 재빨리 왼팔을 들어 단각 선사의 뻗어오는 오른
팔을 쳐내려고 했다.

타타탁―

그러나 도무탄의 왼팔은 허공을 쳤으며, 단각 선사는 오른
손으로 도무탄의 왼쪽 목덜미에서 어깨, 귀밑까지 미끄러져
내리며 일곱 군데 혈도를 동시에 가볍게 찍었다. 믿어지지 않
을 정도로 빠른 솜씨다.

보통 무림의 마혈하고는 전혀 다른 소림사만의 독문점혈
수법에 제압되면 소림사 승려 외에는 어느 누구도 해혈하지
못한다고 알려져 있다.

놀라운 일이다. 도무탄은 열이면 열 틀림없이 단각 선사의
오른팔을 쳐낼 것이라고 확신했다.

단각 선사는 그만큼 느릿하게 손을 뻗었으며, 도무탄은 전력을 다해 쳐냈다.

위기를 느낀 도무탄은 정신이 번쩍 들었다. 만약 그의 신체가 특이체질이 아니었다면 이 한 번의 공격에 손 한 번 써보지 못하고 제압당하고 말았을 것이다.

과연 아직은 경험으로나 무위로나 그는 소림사로의 상대가 못 되는 것 같아서 순간적으로 힘이 빠졌다.

그러나 힘이 빠지는 것은 기분이 그렇다는 것이고 이미 만반의 준비를 갖추고 있던 오른팔은 단각 선사의 가슴을 향해 빠르게 쏘아갔다.

도무탄을 제압했다고 판단한 단각 선사는 오른손을 거두다가 가슴으로 쏘아오는 도무탄의 오른손을 발견하고는 움찔 안색이 변했다.

빠가각!

"흐악!"

도무탄의 오른손이 단각 선사의 가슴에서 목까지 천신권격 제이변 신절의 요단이라는 수법을 발휘하여 찰나지간에 훑으면서 갈비뼈를 모조리 비틀어 꺾고 목뼈까지 분질러 버렸다.

"캐액!"

방금 전까지 숨을 쉬면서 심장이 펄떡거리던 단각 선사는 도무탄의 그 한 수로 고인이 되고 말았다.

"허엇!"

"아니?"

누가 터뜨린 탄성인지 모르나 소림사 승려 중에 서너 명이 놀라움의 탄성을 터뜨렸다.

"이노옴!"

단각 선사의 목이 완전히 왼쪽으로 부러져서 기우뚱 쓰러지고 있을 때 원각 선사가 그 자리에서 번쩍 신형을 허공으로 솟구치면서 두 손바닥을 한데 모아 도무탄을 향해 힘차게 뻗었다.

화우웅!

소림사의 절학 중 하나인 나한장(羅漢掌)이 파도처럼 뿜어지며 곧장 도무탄을 향해 쏘아왔다.

도무탄은 피하지 않고 미리 준비하고 있던 오른손 주먹을 있는 힘껏 뻗으며 권풍 권신탄을 발출했다.

쿠아앗!

예전에 전개했을 때하고는 전혀 다른 큰 음향이 터지며 새빨간 빛줄기가 일직선으로 번쩍 뿜어졌다.

권신탄의 음향만 달라진 것이 아니다. 발출된 권신탄은 예전에는 노을빛이었는데 지금은 새빨간 핏빛이다.

그리고 속도는 두 배 가까이 빨라졌다. 갓난아기는 돌아섰다가 다시 보면 커 있다더니 권혼력도 하루가 다르게 증진하고 있었다.

핏빛 빛줄기는 쇄도하는 나한장을 뚫고 허공에 떠 있는 원각 선사의 가슴 한가운데에 적중했다.

퍽!

"허윽!"

권신탄이 원각 선사의 가슴을 관통하여 등 뒤로 권신탄의 핏빛 빛줄기와 피가 함께 섞여서 뿜어졌다.

차창!

그 순간 양쪽 벽을 등지고 서 있던 네 명의 청년승이 일제히 검을 뽑아 들며 도무탄에게 덮쳐 왔다.

그들은 소림사로의 제자 중 가장 뛰어난 수제자로서 '소림사검(少林四劍)'이라 불리며 사부를 호위하기 위해 이곳에 있었다.

도무탄은 정신을 바짝 차렸다. 그는 방금 권신탄을 발출하면서 엉거주춤 일어서는 자세인데, 네 명을 한꺼번에 상대할 수가 없어서 오른쪽에서 짓쳐오는 두 명의 청년승 중 한 명을 향해 권신탄을 뿜어냈다.

쿠앙!

퍽!

핏빛 빛줄기가 번쩍 뿜어지며 그가 겨냥한 청년승의 얼굴

한가운데에 적중했다.

청년승의 얼굴에는 주먹만 한 구멍이 뻥 뚫렸고, 상체가 뒤로 확 젖혀지며 날려갔다.

휘이잉!

그 순간 도무탄은 실내를 울리는 묵직한 파공음을 들었으나 어디에서 누가 무엇을 했는지 간파하지 못했다. 다만 누군가 자신을 향해 대단한 공격을 가했다는 사실만 짐작했을 뿐이다.

사실 그가 청년승을 향해 권신탄을 발출할 때 능각 선사가 그를 향해 위맹한 일장을 발출한 것이다.

뻑!

"흐윽!"

오른쪽으로 몸을 돌리고 있던 그는 왼쪽 어깨에 일장을 적중당하고 말았다.

그는 왼쪽 어깨가 부서지는 통증과 함께 허공으로 낮게 떠서 날려갔다.

쿵!

벽에 부딪쳐서 퉁겨지는 그의 온몸으로 세 청년승의 세 자루 검이 소나기처럼 쏟아졌다.

쐐애액!

파파팍!

세 자루 검이 도무탄의 등과 복부, 옆구리, 어깨, 뒤쪽 허벅지를 찌르고 베었다.

쿵!

바닥에 떨어진 그의 몸으로 세 청년승의 검이 또다시 쏟아져 내렸다.

그들은 도무탄이 능각 선사의 일장에 정통으로 맞았고 또 자신들의 검에 두 차례나 난도질당했으므로 이 기회에 요절을 내려는 기세다.

"멈춰라!"

그러나 능각 선사가 나직이 외치는 것과 동시에 훌쩍 몸을 날려 쓰러져 있는 도무탄에게 날아왔다.

도무탄이 죽어버리면 권혼을 회수하지 못하게 될까 봐 염려하는 것이다.

그렇지만 사실 도무탄은 일장을 적중당한 왼쪽 어깨가 뻐근하고 느닷없이 공격을 받아서 정신이 조금 어수선할 뿐이지 다치지는 않았다. 순전히 그가 착용하고 있는 설잠운금의 덕분이다.

그러나 겉보기에는 검에 의해서 옷이 갈가리 베어져서 큰 중상을 입은 것 같았다.

그는 권혼력을 극한으로 끌어 올려 오른팔에 모으고 두 손으로 바닥을 짚은 상태에서 천천히 몸을 일으켰다.

능각 선사는 그의 앞에 가볍게 내려서서 분노를 겨우 참는 듯 수염을 떨며 준엄하게 꾸짖었다.

"아미타불, 감히 본 파 내에서 살인을, 그것도 두 명의 장로와 원각의 제자를 죽이다니 도 시주는 씻지 못할 대죄를 범했다."

도무탄은 웅크린 자세로 바닥에 앉아서 고개를 숙이고 키득거렸다.

"큭큭큭, 너희들은 눈이 삐었느냐? 분명히 단각이란 놈이 먼저 공격했고, 그다음에는 원각이 공격했으며, 마지막에는 젊은 놈들이 떼거리로 합공했다."

그는 조소를 가득 떠올린 얼굴을 들어 능각 선사를 올려다보며 한껏 비웃었다.

"나는 죽지 않으려고 반격했을 뿐이고, 상대가 나보다 약하거나 운이 나빠서 죽은 것인데 그게 내 죄라는 말이냐? 만약 내가 죽었다면 너는 너의 그 잘난 사제들과 제자를 꾸짖었겠느냐? 제발 가증스럽게 굴지 마라. 구역질 나온다."

능각 선사는 자신을 쏘아보면서 오만상을 쓰며 씹어뱉는 도무탄을 굽어보며 안색이 가볍게 변했다.

도무탄이 예상한 것보다 많이 다치지 않은 것 같아서 놀랐으며, 그의 말이 정곡을 찔렀기 때문에 일순간 참담함을 금하지 못했다.

능각 선사는 물론이고 이 자리에 있는 어느 누구라도 방금 전 도무탄과 같은 상황에 처했다면 필경 똑같이 행동했을 것이다.

그러므로 반격한 것뿐인 그에게 죄가 있다고는 아무도 말하지 못할 터이다.

생각할수록 역겹다는 생각이 들어 도무탄의 조소가 더욱 짙어졌다.

"후후후, 이것이 너희 소림사의 정의이고 협의냐? 집어치워라. 내가 사는 곳에서는 하오문도도 이런 유치한 짓거리는 하지 않는다."

수양이 깊은 능각 선사지만 부끄러움에 얼굴이 화끈거렸다. 하지만 그는 어떻게 해서든지 권혼을 회수해야만 하는 책임이 있었다.

"후후후, 이걸 보면 삼백여 년 전 소림사가 천신권을 어떤 식으로 핍박했을지 짐작할 수 있다. 이런 사실을 천하가 알면 사람들은 소림사 같은 것은 폐문시켜 버리려고 할 것이다."

"사형, 소제가 하겠습니다."

그때 인각 선사가 다가오면서 말했다. 도무탄을 가만히 놔두면 계속 지껄일 것 같고 또 능각 선사의 강직한 심성을 익히 알고 있는 터라 그가 괴로워하고 있다는 것을 짐작했기 때문이다.

"이 사제, 나는……."

능각 선사가 다가오는 인각 선사를 쳐다보느라 도무탄에게 두고 있던 시선을 거두고 고개를 돌렸다.

순간 절호의 기회라고 판단한 도무탄의 눈 깊은 곳에서 시퍼런 안광이 번뜩였다.

그는 암습이 비열하다는 것을 모른다. 아니, 알았다고 해도 기꺼이 암습했을 것이다.

죽는 것보다는 조금 비열한 것이 낫다. 이런 상황에서도 그를 보고 비열하다는 놈이 있다면 아가리를 찢어버리고 말 것이다.

천신권격 제일변 천쇄에는 네 개의 세분(細分)이 있으며, 그 첫 번째가 극쾌다. 더 강한 것을 전개하고 싶어도 그가 익힌 것은 극쾌까지이다.

지금 같은 상황에서는 무조건 빠르고 강한 것이 최고다. 일격에 능각 선사를 죽여야만 했다.

도무탄은 개구리가 튀어 오르듯 펄쩍 몸을 일으키면서 오른 주먹에 권혼력을 가득 담은 상태에서 죽을힘을 다해 능각 선사의 복부를 향해 천쇄 극쾌를 쳐올렸다.

부악!

그러나 도무탄의 주먹이 가슴에 적중되려는 순간 능각 선사의 몸이 뒤로 둥실 물러났다.

마치 바람에 낙엽이 날리는 듯한 모습이다. 바람은 낙엽을 잡지 못한다. 다만 날릴 뿐이다.

지금 상황에서는 도무탄의 공격이 한 줄기 바람이고 능각 선사는 낙엽이다.

그토록 가까운 거리에서의 급습이었건만 실패하다니 능각 선사는 예상한 것보다 더 고수가 분명했다.

허공을 치게 된 도무탄은 그 옆에 인각 선사가 있는 것을 발견하고는 그쪽으로 몸을 쓰러뜨리면서 천쇄를 권신탄으로 바꿔 발출했다.

쿠앗!

능각 선사에게 가려서 잠시 동안 도무탄을 볼 수가 없던 인각 선사는 움찔 놀라 급급히 오른손을 뻗으며 백보신권을 전개했다.

휴웅!

창졸간에 전개했지만 그의 백보신권에는 백 년 공력 중에 팔십 년이 실렸다.

백보신권은 소림사의 십대절학 중 하나이며 권풍이다. 이름 그대로 공력을 권풍으로 바꿔 백 걸음 밖에 있는 표적을 맞출 수 있는데, 절정에 이르면 아름드리나무를 한 방에 부러뜨릴 수 있었다.

비록 인각 선사는 백보신권을 칠성까지 연마했으나 도무

탄하고의 거리는 불과 세 걸음이라서 막강한 위력을 발휘할 수 있었다.

도무탄은 인각 선사가 무언가를 발출했는데 무형지기라서 그것이 무엇인지는 알 수 없었다.

다만 권신탄하고 정면으로 충돌할 것이며, 그럴 경우 자신이 크게 낭패를 당할지도 모른다는 예감이 들었다.

스퍽!

"흑!"

굉장한 음향이 터질 것이라는 예상과는 달리 모래에 큰 돌이 떨어진 듯한 음향과 함께 인각 선사의 입에서 핏덩이와 답답한 신음이 동시에 터져 나왔다.

쿵쿵쿵!

"으으……."

인각 선사는 묵직하게 뒤로 대여섯 걸음 물러나면서 자신의 가슴을 내려다보았다.

가슴이 관통되지는 않았으나 푹 파여서 검붉은 피와 짓이겨진 장기 조각이 섞여 밖으로 쏟아졌다.

"사형……."

인각 선사는 입에서도 꾸역꾸역 피를 쏟아내면서 창백한 얼굴로 능각 선사를 쳐다보았다.

자신이 크게 다칠 것이라고 예상했던 도무탄은 그 광경을 보고 크게 자신감을 얻었다.

'권혼은 무적이다!'

아까 원각 선사가 공격했을 때에도 권신탄이 그의 공격을 뚫었고, 지금도 인각 선사의 공격을 파훼하면서 그의 가슴에 일격을 먹였다.

충돌 때문에 권신탄의 위력이 많이 약해졌지만 인각 선사를 죽이기에는 충분했다.

그는 인각 선사를 공격한 여파를 몰아서 두 발로 힘껏 바닥을 박차면서 곧장 능각 선사를 향해 쏘아가며 오른 주먹으로 권신탄을 뿜어냈다.

쿠왓!

인각 선사가 묵직하게 뒤로 쓰러지고 있는 것을 쳐다보던 능각 선사는 자신을 향해 쏘아오는 도무탄을 발견하고는 흠칫 놀랐다.

짧은 시간에 도무탄이 이곳에서 벌인 광경을 생생하게 목격한 능각 선사는 비로소 도무탄이 삼백여 년 전의 천신권에 근접했다는 사실을 깨달았다.

그래서 감히 방심하지 못하고 일단 즉시 보법을 전개하여 하나의 그림자처럼 왼쪽으로 피하는 것과 동시에 도무탄을 향해 바람처럼 짓쳐가며 두 손바닥을 붙여서 앞으로 힘껏 뻗어 소림사의 십대절학 중 하나인 반야신공(盤若神功)을 전력으로 전개했다.

고오— 옴!

마치 고요한 깊은 밤중에 멀리에서 아련히 울리는 범종 소리 같은 기음이 흐르며 거대한 철벽같은 압력이 도무탄을 향해 밀려갔다.

막 권신탄을 발출하는 자세를 취하고 있던 도무탄은 전면과 오른쪽 중간 방향에서 사선으로 무형의 기운이 어마어마하게 쇄도하는 것을 감지하고는 움찔했다.

방금 전에 인각 선사를 쓰러뜨리고 기세등등하던 자신감이 일시에 사라졌다.

말 그대로 상황에 따라서 시시각각 일희일비(一喜一悲)하고 있었다.

그는 능각 선사가 권신탄을 그토록 간단히 피할 줄은 몰랐기에 순간적으로 어떻게 해야 할지 갈피를 잡지 못했다. 지금 상황에서는 능각 선사에게 권신탄을 발출하는 것이나 피하는 것 둘 다 너무 늦었다.

'권혼신강이다!'

번쩍 뇌리를 스치는 생각. 지금 이 순간에는 이곳 소림사 지객당 별채에서 사흘 내내 운공하면서 깨닫고 습득한 권혼신강을 믿을 수밖에 없다는 생각이 들었다.

권혼신강을 어떻게 만드는지는 알지만 어떻게 사용하는지

는 모르고 있다.

하지만 그게 무엇이더라도 지금 상황에서는 그것밖에는 믿을 것이 없었다.

그는 순간적으로 권혼강공법을 뇌리에 떠올렸다. 그 순간 예의 권혼신강이 온몸을 폭발시킬 듯 팽배해졌다.

거기까지가 그가 할 수 있는 전부였다. 오죽 다급하면 완성하지도 못한 권혼신강을 끌어 올렸을까만, 그래도 가만히 서 있다가 당하는 것보다는 나을 것이라 생각했다.

쩌쩡—!

"으악!"

고막이 터질 듯한 굉음과 함께 누군가의 처절한 비명 소리가 들렸다.

그 순간 도무탄은 눈앞이 캄캄했다. 아니, 새하얘졌다. 그것도 아니다. 눈앞이 캄캄한 것인지 새하얀 것인지 모르겠지만 아무튼 아무것도 보이지 않았다.

능각 선사에게 당해서가 아니라 권혼신강을 끌어 올리고 능각 선사의 공격과 격돌한 순간부터 그리되었다.

퍽! 퍽! 퍽!

"크악!"

"으악!"

"끄악!"

다만 그 직후 둔탁한 음향과 함께 세 마디의 찢어지는 듯한 비명이 뒤를 이었을 뿐이다.

사아아.

잔잔한 밤바람이 스치자 우두커니 서 있던 도무탄은 문득 정신이 들었다.

"……."

그리고 짙은 피비린내가 코를 찔렀다. 그는 분명히 실내에 있는데 이 밤바람은 뭐고 토할 것 같은 역한 피비린내는 뭐란 말인가.

그러더니 느닷없이 체내의 권혼신강이 사라지면서 눈앞의 광경이 선명하게 보였다. 헝겊으로 눈을 가리고 있다가 갑자기 푼 것 같았다.

"이게……."

그의 대여섯 걸음 앞의 바닥에 능각 선사가 천장을 향해 누워 있다.

그런데 능각 선사의 모습이 괴이하다. 턱 아래의 목이 세로로 찢겨 나가 절반뿐인데다 그런 목에 왼쪽 어깨와 왼팔만 붙어 있다.

그러니까 다른 부위, 즉 가슴 아래와 오른쪽 어깨, 오른팔, 하반신이 보이지 않았다.

그것은 마치 종이에 그려진 능각 선사의 모습을 아무렇게

나 찢어놓은 것 같았다.

그리고 능각 선사 주위에는 뼈와 살점, 내장, 짓찢어진 장기들이 핏물 속에 어지럽게 널브러져 있다.

'내가 이랬다는 말인가?'

도무탄은 반쯤 정신이 나간 얼굴로 천천히 주위를 둘러보다가 두 눈을 부릅떴다.

먼저 죽은 단각 선사와 원각 선사, 인각 선사가 여기저기 쓰러져 있는데 그들의 시체 주변으로 찢어진 팔다리와 머리통, 몸뚱이들이 흩어져 있고 바닥에는 작은 호수처럼 피가 흥건하게 고여 있다.

도무탄은 바닥을 뒤덮은 육편의 주인이 세 명의 청년승일 것이라고 생각했다.

문제는 분명히 도무탄이 능각 선사와 세 명의 청년승을 죽였는데 도무지 기억이 나지 않는다는 것이다. 그뿐만 아니라 그는 아무것도 보지 못했다. 단지 아련하게 둔탁한 소리와 비명 소리를 들은 것 같다.

'권혼신강을 끌어 올린 것뿐인데…….'

위기에서 벗어난 것이 기뻐야 하는데 그러지 못하고 마음이 답답했다.

능각 선사가 무시무시한 공격을 가해올 때 최후의 수단으로 권혼신강을 끌어 올렸으며 그로 인해서 온몸이 팽팽하게 폭발할 것 같은 느낌이 든 것이 마지막 기억이다. 깨어나니까 이 난리판이 벌어져 있는 것이다. 능각 선사 등이 도대체 어떤 식으로 죽었는지도 모른다.

그러니까 해답은 권혼신강이다. 그것이 기억을 잃게 만들었으며, 능각 선사와 세 청년승을 처참하게 찢어 죽인 것이 분명했다.

휘이이잉!

또다시 밤바람이 불어와 도무탄의 몸을 스쳤다. 그리고 그는 그제야 주위가 휑한 것을 발견했다.

천장도 사방의 벽도 다 부서져 날아가고 발목까지 빠지는 피의 호수에 그만 혼자 덩그렇게 서 있다. 그 난리통에 다 부서진 것이 분명했다.

일이 어찌 됐든 소림사로 네 명과 그들의 제자마저 죽였으니 어쩔 수 없이 도무탄과 소림사는 원수지간이 되었다.

'이 지경이 돼버렸으니 소림사하고 좋은 방법으로 푸는 것은 강 건너……'

그래서 씁쓸한 마음으로 몸을 돌려 그곳에서 벗어나려는데 저만치 어둠 속에 뭔가 희끗한 것이 보였다.

사람이다. 그런데 한두 명이 아니라 수십 명이다. 아니, 천천히 둘러보니 어둠 속 멀찌감치 도무탄을 포위하고 있는 소림승의 수가 셀 수도 없이 많다. 아마 소림사 승려가 모조리 동원된 것 같았다.

도무탄의 얼굴이 참담하게 일그러졌다.

'똥 밟았다.'

'똥 밟았다'는 상계(商界)의 전문 용어로 '크게 손해 봤다', '재수 더럽게 없는 날이다', '날 샜다' 등의 심오한 뜻을 담고 있다.

第四十四章

현신(現身) 천신권(天神拳)

도무탄이 넓은 마당으로 나와서 포위하고 있는 소림 제자의 수를 대충 세어보니 약 삼백여 명쯤 되었다.

　삼백여 명을 당해낼 재간도 없지만 설혹 삼백여 명을 다 죽인다고 해도 그게 끝이 아닐 것이다.

　도무탄이 있는 곳은 소림사 한복판이니까 승려들이 계속 나올 것이다.

　소림사 승려 수가 팔백여 명이라고 했으니 그들을 다 죽여야만 여기에서 살아 나갈 수 있을 터이다.

　도무탄은 칠팔 장 거리에서 원을 형성한 채 포위하고 있는 소림 제자들을 둘러보다가 한곳에 시선을 멈추었다.

어느 전각 앞의 돌계단 위에 표홀히 서 있는 한 명의 고승이다.

키가 훤칠하게 크고 황의 가사에 남색 겉옷을 입었으며 오른손에 녹옥불장(綠玉佛杖)을 쥐고 서 있는데 갈대꽃처럼 희고 긴 수염이 배에까지 이르렀다.

도무탄은 돌계단 위의 고승이 소림 장문인 무각 선사일 것이라고 짐작했다.

당금 무림의 맹주 격인 소림사의 장문인이라면 무림의 최고 배분으로 무공으로나 신분, 명성으로나 극상이라고 할 수 있다.

도무탄은 여기에서 승부수를 던져야겠다고 마음먹었다. 싸우는 것은 무리이고 다른 방책을 써야 한다.

소림 제자 팔백여 명을 상대로 싸운다는 것은 하책 중에서도 하책이다.

도무탄은 무각 선사를 향해 천천히 걸음을 옮겼다. 소림사로의 수제자들에게 칼질을 당해서 옷이 마구 베어진 모습이라 밤바람에 옷자락이 펄럭였다.

그는 걸으면서 무각 선사에게서 시선을 떼지 않았다. 무각 선사는 근엄한 표정이어서 얼굴만 보고는 무슨 생각을 하고 있는지 짐작할 수가 없었다.

척!

이윽고 도무탄은 돌계단 아래 무각 선사와 직선거리로 사장쯤 되는 곳에 멈추었다.

그리고는 소림사로 등의 시체가 있는 곳은 쳐다보지도 않고 손으로 가리켰다.

"저들이 먼저 한꺼번에 나를 합공했소."

무각 선사를 보고 하는 말이지만 사실은 소림 제자들 들으라고 하는 소리다.

즉, 소림사로와 수제자들이 먼저 떼거리로 공격을 했고, 나는 살기 위해서 반격만 했는데 저 모양 저 꼴이 됐다. 그러니까 나는 정당방위이고 또한 소림사로와 수제자들의 수준이 형편없다는 뜻이다.

"나는 죽기 싫어 반격했을 뿐이오."

그는 진심 어린 표정으로 약간 목소리를 높였다.

"아무리 소림사라지만 이건 너무하는 것 아니오?"

그는 아까 소림사로에게 구구하게 설명한 것을 이 자리에서 다시 한 번 해야 될 필요를 느꼈다.

"소림사 무공은 누구 것이오?"

그가 소림사로 등에게 이 얘기했을 때 그들은 크게 마음의 동요를 느끼고 또 부끄러워했다.

수양이 깊은 그들이 그렇다면 여기에 있는 젊은 소림 제자들은 도무탄의 얘기에 더욱 공감하지 않겠는가.

소림사 무공이 누구 것이냐는 물음에 무각 선사가 대답을 할 리가 없다. 그래서 도무탄은 자기가 묻고 자기가 대답했다.

"소림사 무공은 소림사 것이오."

도무탄의 얘기가 다 끝날 때까지 무각 선사는 꼿꼿이 선 채 미동도 하지 않고 그의 말을 제지하지도 않았다.

그는 제자리에서 천천히 한 바퀴 돌면서 소림 제자들의 반응을 살펴보았다.

권혼력을 두 눈에 집중하자 이 한밤중에 소림 제자들의 땀구멍까지 똑똑하게 보인다.

소림 제자들은 추호도 술렁이지도 옆 사람하고 대화를 나누거나 자리를 이탈하지도 않았다.

그렇지만 도무탄은 그들의 얼굴에 떠오른 놀라움과 수치심, 눈과 입이 크게 벌어진 것을 발견할 수 있었다.

'동요하고 있다.'

그는 내심 쾌재를 불렀다. 그리고 준비해 놓은 두 번째 얘기, 즉 소림사에 오기 전에 낙양에서부터 안배한 계획에 대해서 무각 선사에게 서두를 꺼냈다.

[현재 소림사에 식량이 얼마나 남았소?]

단, 이것은 소림 제자들이 들으면 역효과가 날지도 몰라 전음으로 무각 선사에게만 말했다.

무각 선사를 뚫어지게 주시하던 도무탄은 그가 처음으로 반응을 보이는 것을 발견했다. 미간이 슬쩍 좁혀지면서 눈이 약간 커진 것이다.

[내가 아무 일 없이 소림사를 걸어 나가서 모종의 조치를 취하지 않는다면 소림사는 절대로 식량을 구할 수 없을 것이오.]

그는 태원성을 출발하여 낙양에 도착하자마자 제일 먼저 내방주 백선인에게 지시하여 숭산을 중심으로 주위 오백여 리 이내의 대규모 곡상(穀商)들과 거래하여 비축하고 있는 곡식을 모조리 사들이라고 했다.

백선인이 제일 먼저 손을 뻗은 곳이 오랫동안 소림사에 곡식을 대주던 등봉현의 곡상들이었다.

장사꾼들끼리는 의리와 상도의라는 것이 있지만 장사꾼과 고객 사이에는 그런 게 없다. 돈 많이 주는 사람에게 먼저 파는 것이 임자다.

소림사가 거래하던 곡상들에게 계약금을 맡겨놓은 것도 아니고 그저 말 그대로 단골일 뿐이다.

그러므로 백선인이 곡식 값을 시세보다 조금 더 준다거나 아니면 두 배를 준다는 제의에 곡상들은 마다할 이유가 없었다. 그들은 자진해서 창고의 곡식들을 탈탈 털어서 다 팔았다.

백선인은 그들뿐만 아니라 수하들을 풀어서 곡식을 웬만큼 갖고 있는 곡상이라면 시골구석이라도 찾아가서 설득하여 끝끝내 곡식을 사들이고야 말았다.

소림사는 한 달에 한 차례 등봉현의 곡상에서 쌀을 비롯한 곡식을 구입한다.

일 년 치나 반년 치를 한꺼번에 구입하면 그 양이 어마어마해서 마땅히 저장할 창고도 없거니와 그럴 경우에는 쥐들이 들끓어서 애를 먹는다.

불가에서는 벌레 한 마리도 죽이는 것이 금지되어 있으므로 곡식을 먹어치우는 쥐들을 죽일 수도 없으니 골칫거리가 아닐 수 없다.

또한 쌀을 묵혀두면 맛과 풍미가 현저히 떨어지는 데다 등봉현의 단골 곡상에서 언제든지 곡식을 구입할 수 있기 때문에 구태여 한 번에 많은 양을 사들일 필요가 없었다.

그런데 이번에는 뭔가 일이 크게 잘못됐다. 열흘 전, 소림사가 곡식을 구입하는 날이라서 담당자가 숭산을 내려갔는데 등봉현의 십여 군데 곡상에 곡식이 한 톨도 남아 있지 않아서 빈손으로 돌아오는 믿어지지 않는 일이 벌어졌다.

지금껏 그런 일은 한 번도 없던 터라 이번에는 제자들을 낙양이나 언사현(偃師縣), 이천현(伊川顯) 같은 조금 먼 곳으로 보냈으나 어이없게도 결과는 마찬가지였다.

일이 이쯤 되자 식량 구매 등 소림사의 살림을 도맡아서 하는 장생전(長生殿)의 주지승이 마침내 장문인 무각 선사에게 보고하기에 이르렀다.

무각 선사는 소림사로의 이로 인각 선사에게 지휘권을 주어 식량 조달에 만전을 기하라고 지시했다.

인각 선사는 직접 제자들을 이끌고 등봉현을 중심으로 삼백여 리 이내의 사십여 개 현을 돌면서 식량을 구입하려고 했으나 번번이 실패하고 결국 닷새 만에 지친 몸을 이끌고 빈손으로 소림사로 돌아와야만 했다.

지금까지 소림사는 식량 조달 때문에 한 번도 골치를 썩은 일이 없기에 넉넉하게 매달 사십 일분의 식량을 구입하는 것을 원칙으로 하고 있다.

그러면 더 먹는 달도 있고 덜 먹는 달도 있어서 매달 평균 십 일분의 식량이 남는다.

석 달, 혹은 넉 달이 지나면 한 달 치 식량이 모아지기 때문에 그 달은 식량을 구매하지 않는다.

여유분 식량을 서너 달 모아서 한 달을 버티기 때문이다.

그런 달을 여곡월(餘穀月)이라고 하는데, 바로 지난달이었다. 그러므로 며칠분도 남은 곡식이 없다.

지금은 새 달에 들어선 지 열흘이 지났다. 처음 며칠 동안은 소림사 내의 먹을거리를 박박 긁어모아서 어떻게든 버텼다.

식량을 구하러 나간 인각 선사가 반드시 곡식이 가득 실린 수레들을 몰고 올 것이라고 믿었다.

그러나 인각 선사는 빈손으로 돌아왔으며, 현재 소림사의 전 제자는 닷새째 굶고 있는 실정이다.

도무탄은 무각 선사를 바라보며 이런 방법을 사용할 수밖에 없었던 상황을 이해해 달라는 듯한 표정을 지었다.

[우리의 대화가 잘 풀리면 그 즉시 곡식을 풀겠소.]

무각 선사의 두 눈에서 강렬한 안광이 뿜어지며 도무탄을 쏘아보았다.

불심 깊은 고승이지만 닷새 동안이나 소림사 팔백여 전 제자의 배를 주리게 만든 도무탄에게는 인간적인 감정의 분노를 느낀 것이다.

그렇지만 도무탄은 무각 선사의 눈빛 따위는 아무렇지도 않다는 듯 덤덤한 표정이다.

그는 해룡방을 이룩하면서 이날까지 수많은 사람의 원성을 들었으며 더러는 짓밟기도 했다.

부자가 되려면 그러지 않고는 어림도 없다. 천하에 깨끗한 부자는 결단코 단 한 명도 없다.

부자가 되는 첫걸음은 경쟁에서 무조건 이기는 것이고, 그것이 바로 승부다.

승부에는 반드시 패배자가 나오게 마련이고, 패배자와 가족들, 그리고 주변 사람들은 패배에 따른 냉혹한 대가를 치러야만 한다.

가련한 승자가 없듯이 행복한 패배자도 없다. 승자가 모든 것을 갖는 대신 패배자는 가진 것을 모두 잃고 비참해진다는 것이 어느 세계에서든 통하는 엄혹한 진리다.

상대를 무차별적으로 꺾고 짓밟고 감정에 무뎌져야지만 승리해서 부자가 될 수 있다.

그래서 도무탄도 그렇게 했고, 오늘날의 해룡방주가 되었다. 그런 그에게 불심 깊은 무각 선사의 눈빛쯤은 아무것도 아니었다.

그보다 더 간절하고 절망적인 눈빛을 도무탄은 무수하게 많이 봐왔다.

그러나 무각 선사의 그런 눈빛은 곧 사라졌고, 그는 나직한 한숨과 함께 말문을 열었다.

"무엇을 원하는가?"

도무탄은 무각 선사의 체면을 생각해서 전음으로 말을 했는데 그는 육성으로 물어왔다. 뒷구멍으로 수군거리는 것을 싫어하는 성품인 듯했다.

도무탄은 손가락을 하나씩 꼽으며 말했다.

"첫째, 소림사는 권혼에서 손을 떼시오. 둘째, 소림사가 내 아내 천상옥화 독고지연을 납치한 일에 대해서 그녀와 무영검가에 사죄하시오. 셋째, 나를 소림사에서 무사히 걸어서 나가게 해주시오. 이상이오."

"세 가지 다 불가(不可)하다."

도무탄의 말이 끝나자마자 무각 선사는 고려할 가치도 없다는 듯 일언지하에 거절했다.

도무탄은 발끈했다.

"소림사 전 제자를 굶겨 죽이시겠다는 거요?"

쿵!

"이놈!"

무각 선사가 발을 구르며 꾸짖었다. 함부로 떠들지 말라는 뜻이지만 그런 것에 기죽을 도무탄이 아니었다.

"내가 요구한 별로 어렵지도 않은 세 가지 요구를 들어주기 싫어서 제자들을 굶겨서 죽이겠다니 과연 역사에 길이 남을 만한 위대한 장문인이시오."

도무탄은 엄지를 세운 오른팔을 앞으로 내밀면서 칭찬했다.

그의 장점이자 단점이기도 한 지금과 같은 행동은 그가 무슨 말을 하든 진심인 것처럼 보인다는 사실이다.

도무탄은 그 말에 무각 선사의 표정이 눈에 띄게 확 변하고 흰 수염이 파르르 떨리는 것을 발견했다.

그뿐만 아니라 무각 선사 좌우에 늘어서 있는 제자들이나 원로들의 안색도 급변했다.

그리고 더 중요한 것은 넓은 공터 주변에 겹겹이 포위망을 형성하고 있는 소림 제자들이 크게 동요하기 시작했다는 사실이다.

현재까지 닷새를 굶고 서 있을 기력조차 없는 수백 명의 소림 제자는 무엇 때문에 자신들이 굶고 있는지 이제야 이유를 알게 되었다.

사실 소림 제자들은 왜 자신이 굶고 있는지 이유를 알지 못했다.

무각 선사와 장로, 원로들조차도 어째서 하남성의 수많은 곡상에 곡식이 없는지 정확한 이유는 모르고 있었다.

단지 곡상들의 말에 의하면 정체를 알지 못하는 누군가 웃돈을 주고 곡상이 보유하고 있는 곡식을 모조리 사 갔다는 것이다.

그건 누굴 원망할 수도 죄를 물을 수도 없는 일이다.

그러니 자세한 원인도 알지 못하는 상황에서 장문인이나 원로들이 제자들에게 무슨 말을 해줄 수 있겠는가.

이유를 알았다고 해도 말하지 못하는 것은 마찬가지였을

것이다.

소림사가 권혼에 집착하고 명문대파의 여식을 비열한 수법으로 납치하여 고문하려고 한 일 때문에 산서성 최고의 부자가 정면 도전을 해온 것이라고는 차마 제자들에게 말할 수 없었다.

그것은 도끼로 제 발등을 찍는 일이며 누워서 침 뱉는 일이다.

그 사실을 소림 제자들이 알게 되면 과연 누굴 원망하겠는가. 물론 곡식을 죄다 사들인 도무탄도 책임에서 자유로울 수는 없지만, 그보다는 원인을 제공한 소림사의 수뇌부에게 원천적인 잘못과 책임이 있다.

왜냐하면 그들은 가해자이기 때문이다. 도무탄은 단지 피해자로서 더 이상 괴롭히지 말고 소림사가 저지른 파렴치한 잘못에 대해서 정당하게 사과하라고 요구하는 것뿐이다.

도무탄은 약자의 모습으로, 그러나 당당하고 우렁찬 목소리로 외쳤다.

"내 요구를 들어주시오! 그럼 지금 당장에라도 소림사에 식량을 내어주겠소!"

수양이 깊기로 유명한 소림 제자들이 웅성거리기 시작했다.

그때 무각 선사가 오른손에 쥐고 있는 녹옥불장을 슬쩍 들어 올렸다가 가볍게 돌바닥을 내려쳤다.

찌러렁―!

"조용하라."

녹옥불장은 돌바닥을 깨뜨리지도 파고들지도 않았는데 벼락 치는 소리가 터졌으며, 무각 선사의 목소리는 조용하면서도 모두의 고막을 진저리 치도록 떨어 울렸다. 불문의 신공 중 하나인 사자후(獅子吼)다.

좌중이 고요해지자 무각 선사는 도무탄을 보며 위엄에 찬 목소리로 말했다.

"마지막 기회를 주겠다. 스스로 권혼을 바치고 자결하겠느냐, 아니면 강제로 당하겠느냐?"

도무탄의 뺨이 씰룩였다. 듣고 있자니 소림사가 중생을 계도하는 불문이 아니라 하오문만도 못한 것 같았다.

"이봐, 늙은이. 내가 장담하는데, 날 죽이면 네놈들 모두 굶어 죽을 거야."

그는 거침없이 내뱉었다. 제자들의 안위는 상관하지 않고 자신이 하고 싶은 대로 내뱉는 무각 선사가 더 이상 소림사의 장문인도 뭣도 아닌 호로잡배 늙은이로 여겨졌다.

도무탄은 팔을 뻗어 손가락으로 무각 선사를 가리켰다.

"대저 아버지라면 자식들의 안위가 우선인데 너는 제자들이 굶어서 죽든 말든 아랑곳하지 않으니 소림사 장문인 자격이 없다."

"갈(喝)!"

순간 무각 선사가 쩌렁하게 꾸짖으면서 둥실 신형을 날려 쏘아왔다.

도무탄은 자신이 이미 돌이킬 수 없는 선을 넘었다는 사실을 직감했다.

그렇다고 바보멍청이가 아닌 다음에야 이대로 호락호락 당할 수는 없었다.

무각 선사가 공격할 것이라고 직감한 그는 순간적으로 권혼신강을 떠올렸다.

그러나 권혼신강을 끌어 올린 이후 무슨 일이 벌어질지 몰라 불안했다.

그래서 권혼력을 극한으로 끌어 올려 온몸에 주입하자마자 두 발로 힘껏 바닥을 박차며 쏘아오고 있는 무각 선사의 아래쪽을 향해 전력으로 내달렸다.

휘익!

도무탄은 싸움 경험이 적기 때문에 상황에 따라서 재빨리 어떻게 해야 자신에게 이로울 것인지 방법을 찾아내야만 했다.

그가 생각하고 곧장 실행에 옮기고 있는 이 방법은 허공에서 빠른 속도로 쏘아오고 있는 무각 선사의 아래쪽으로 달려가서 찰나지간에 거리를 좁히고 아래에서 위로 솟구치면서 권신탄을 전개하자는 것이다.

도무탄이 아래에서 마주 쏘아가면 무각 선사는 빠르게 쏘아오고 있기 때문에 순간적으로 멈추거나 방향을 바꾸는 등 다른 행동을 취할 수 없을 것이라는 게 도무탄의 계산이다.

타앗!

쿠앗!

위를 보면서 내달리던 도무탄은 정확하게 계산하여 두 발로 힘껏 바닥을 박차고 솟구쳐 오르는 것과 동시에 오른 주먹으로 전력을 다해서 권신탄을 발출했다.

과연 무각 선사는 도무탄이 이런 식으로 반격할 줄은 예상하지 못했다.

그러나 그는 대소림사의 장문인이며 절상급이다. 그것도 초급에 가까운 절상급이다.

그를 절상급이라고 평가해 준 사람은 무당파 장문인인데, 십오 년 전 한 차례 친선으로 대결해 보고는 그렇게 평가했다. 하지만 지난 십오 년 동안 무각 선사는 무공이 더욱 증진했다.

도무탄이 지상에서 내달리는 것을 발견한 순간 무각 선사는 그의 의도를 즉각 알아차리고 그 즉시 허공에서 신형을 멈추었다.

그런 동작은 절중급 수준이라고 해도 결코 쉬운 일이 아니었지만 그는 어렵지 않게 행했다.

도무탄이 쏘아 오르면서 핏빛의 빛줄기를 뿜어내자 무각 선사는 녹옥불장에 공력을 실어 휘둘렀다.

초급에 가까운 절상급인 무각 선사로서도 허공에서 즉각 정지하는 것까지는 가능해도 무언가 절학을 펼치기에는 늦었기에 이런 방법을 쓴 것이다.

하지만 저 핏빛 빛줄기가 무엇인지 모르지만 녹옥불장이라면 충분히 물리칠 수 있을 것이라고 믿었다.

따앙!

권신탄과 녹옥불장이 정통으로 부딪쳤다.

파아—

퍽!

"큭!"

권신탄은 녹옥불장을 절반으로 뚝 자르고 방향을 틀어 무각 선사의 왼쪽 어깨를 스치며 연이어 뺨을 길게 찢으며 수직으로 솟구쳤다.

그와 동시에 부러진 녹옥불장의 앞부분이 퉁겨 한 바퀴 회전하며 도무탄의 등짝을 내려찍었다.

도무탄은 빠른 속도로 추락해 돌바닥에 몇 차례 퉁기며 한

쪽으로 밀려갔다.

"아미타불! 마존(魔尊)은 지옥으로 떨어져라!"

허공중에서 권신탄에 스쳐 움찔하던 무각 선사는 바닥에 튕겨 데구루루 굴러가고 있는 도무탄을 향해 내려꽂히면서 소림사 십대절학 중 하나인 대력금강장(大力金剛掌)을 전개했다.

화우웅!

은은한 금빛의 장력이 무려 백오십 년의 가공할 공력을 실은 상태에서 도무탄을 향해 뿜어갔다.

도무탄은 녹옥불장에 등짝을 맞은 충격이 너무나 지독해서 정신이 가물가물한 상태이다.

그렇지만 한 줄기 가느다란 의식을 붙잡고 결사적으로 안간힘을 썼다.

'권혼신강을……'

권혼신강을 끌어 올리면 정신을 잃게 되는 것이 께름칙했는데 이런 상황이 되자 처음부터 무조건 권혼신강을 발휘했어야 옳았다고 뼈저리게 후회하면서 아스라한 의식을 붙잡고 권혼신강을 전개했다.

꽝!

그 순간 그는 마치 무너지는 태산에 깔린 듯한 엄청난 충격을 받았다. 무각 선사가 발출한 대력금강장이 그의 등에 적중한 것이다.

'크으······.'

그러면서 그는 두 가지 느낌을 동시에 받았다. 온몸이 갈가리 찢어지는 듯한 고통과 함께 권혼신강이 온몸에 팽배하여 또다시 정신이 아득해지고 있는 것이다.

아니, 공격을 당해서 정신을 잃는 것인지 권혼신강 때문인지 분간할 수가 없었다.

슉—

무각 선사는 돌바닥에 커다랗게 뻥 뚫린 구멍 앞에 가랑잎처럼 가볍게 내려섰다.

한 자 두께의 돌바닥이 산산조각 나고 일 장 깊이의 구덩이가 파이면서 그곳에 도무탄이 뒷모습을 보인 상태로 처박혀 있다.

무각 선사는 조금 전 권신탄에 스친 왼쪽 어깨와 왼쪽 뺨에서 피가 흐르고 있지만 닦을 생각도 하지 않고 착잡하면서도 노한 얼굴로 도무탄을 굽어보았다.

그의 어깨는 반 뼘 길이에 한 치 깊이로 찢어졌으나 그보다는 턱에서부터 눈가까지 길게 움푹 파인 상처가 더 심했다.

뺨에서 흐른 피가 턱을 타고 흰 수염과 입고 있는 상의를 새빨갛게 물들였다.

그는 도무탄이 이 정도로 고강할 줄은 예상하지 못했다. 도무탄이 소림사로를 죽인 것은 뭔가 협잡이나 꼼수를 썼을 것이라 짐작했는데 이제 보니 순전히 실력으로 죽인 것 같았다.

슥.

무각 선사는 구덩이 속에 파묻힌 도무탄을 향해 오른손을 뻗고 공력을 발출하여 접인신공(接引神功)을 전개했다.

투둑.

도무탄의 몸이 느릿하게 뽑혀 상승하더니 무각 선사가 손바닥을 돌리는 쪽으로 반 바퀴 빙글 돌려져 얼굴이 무각 선사 쪽으로 향하고 몸이 똑바로 세워졌다.

도무탄은 흙투성이에 머리카락이 마구 헝클어진 엉망진창인 모습으로 눈을 꾹 감고 있다.

무각 선사는 어깨와 뺨이 찢어지는 대가를 치르기는 했으나 이것으로써 도무탄을 제압했다고 생각했다.

그는 오른손으로 접인신공을 전개하고 있는 상태에서 도무탄의 혈도를 제압하기 위해 왼손을 뻗었다.

슥―

그런데 그때 도무탄이 눈을 번쩍 뜨며 두 눈에서 핏빛 안광이 번쩍 폭사되어 나왔다.

그리고는 히죽 미소를 짓는데 하얀 이빨이 드러나 마치 악마를 보는 듯했다.

"……!"

무각 선사는 흠칫하면서 순간적으로 머리카락이 쭈뼛했다.

도무탄은 입술을 달싹거려 귀를 잡아 뜯고 싶을 정도로 듣기 싫은 쉿소리를 흘려냈다.

"크크크, 어린놈아, 네놈은 불영(佛影) 돌대가리하고 어떤 관계냐?"

"……."

무각 선사는 도무탄의 혈도를 찍으려고 뻗은 왼손을 멈추고 아연실색했다.

'불영'은 무각 선사로부터 무려 팔대 전 조사(祖師)의 법명이다. 즉, 삼백여 년 전 소림사의 장문인이다.

"천신권……."

무각 선사는 도무탄에게서 천신권을 발견하고는 반쯤 넋이 나간 얼굴로 중얼거렸다. 방금 말한 사람이 도무탄이 아니라 천신권이라고 생각한 것이다. 더구나 목소리가 도무탄의 것이 아니었다.

후우—

순간 도무탄이 무각 선사를 향해 불쑥 오른손을 뻗는데 이상할 정도로 느렸다.

타아—

그러나 그 순간 위기를 감지한 무각 선사는 화살처럼 뒤로 물러났다.

느리다는 것은 다만 그렇게 느끼기 때문이지 실제로는 빛처럼 빠를 수도 있었다. 눈은 때때로 착각을 일으키기도 하지만 본능은 정직하다.

"……"

그런데 마치 한 걸음도 물러나지 않은 것처럼 여전히 반 장 앞에서 도무탄이 그림자처럼 따라붙으면서 오른손을 뻗어오고 있다.

슈우우—

그리고는 느닷없이 도무탄의 오른 주먹이 빠른 속도로 무각 선사의 얼굴을 향해 짓쳐왔다.

휘잉!

무각 선사는 다급하게 상체를 오른쪽으로 비틀어서 가까스로 도무탄의 주먹을 피했다.

그러나 방금 전에 얼굴로 뻗어오던 도무탄의 주먹이 착각이었던 것처럼 이번에는 무각 선사가 피한 오른쪽에서 똑같이 얼굴을 향해 더 가까이에서 쇄도해 왔다.

무각 선사가 방금 전에 주먹을 피하려고 시도한 짧은 순간이 통째로 사라져 버린 것이다.

탓—

초조해진 무각 선사는 상체를 왼쪽으로 숙이면서 오른손을 들어 도무탄의 주먹을 힘겹게 쳐냈다.

스사아아—

그 순간 십여 방향에서 십여 개의 주먹이 한꺼번에 소나기처럼 쇄도하자 무각 선사는 실성한 사람처럼 상체를 좌우로 흔들어 피하고 양손을 휘둘러 마구 쳐냈다.

도무탄이 최초의 공격을 시작하고 딱 눈 한 번 깜빡이는 시간이 지났을 뿐인데 그사이에 무려 이십여 차례의 공격과 방어가 이루어졌다.

그리고 어느 한순간 무각 선사는 도무탄이 두 뼘 앞까지 다가와 소름 끼치는 미소를 짓고 있는 것을 발견했다.

"크크크, 재롱은 다 부렸느냐?"

"이, 이……."

무각 선사가 이승에서 마지막으로 내뱉은 소리다.

푸악!

도무탄의 오른팔이 무각 선사의 가슴으로 푹 꽂히며 주먹이 등을 뚫고 튀어나왔다.

"끄으으……."

무각 선사는 두 눈을 찢어질 듯이 부릅뜨고 몸을 부들부들 떠는데 도무탄은 입을 그의 귀에 갖다 대고 으스스하게 속삭였다.

"크크크, 오늘 밤에 소림사를 멸문시켜 주마."

퍼퍼퍽!

도무탄의 오른팔이 가슴에 꽂힌 상태로 무각 선사의 몸이 산산조각 나며 육편과 피, 내장이 사방으로 흩어졌다.

第四十五章

천불갱(千不坑)

"……."

도무탄은 어렴풋이 제정신이 돌아왔다. 마치 바로 코앞에서 눈부신 섬광을 보고서 잠시 정신을 잃은 것 같은 기분이다.

지금 그는 어딘가로 맹렬하게 달려가고 있는 중이고, 앞쪽 사오 장 거리에서는 수십 명의 소림 제자가 사력을 다해서 도망치고 있는 광경이 보인다.

그는 아마도 소림 제자들을 뒤쫓고 있는 중에 제정신을 차린 것 같았다. 제정신을 차렸다는 것은 권혼신강이 풀렸다는 뜻이다. 아마 권혼신강은 일정한 시간이 지나면 자연히 풀리는 모양이다.

무림제일이라는 소림 제자들이 도망치고 있다니, 그가 대체 뭘 어쨌기에 이런 일이 벌어지고 있는 것인가.

그는 즉시 그 자리에 멈추고 재빨리 주위를 둘러보다가 움찔 놀랐다.

방금 전까지 그가 달려오던 방향으로 수십 구의 소림 제자 시체가 깔려 있다.

저만치 이십여 장 거리에 돌계단이 있는데 그는 그곳에서 무각 선사하고 싸우다가 돌바닥 속에 처박혔다.

그리고 그 순간 권혼신강을 끌어 올리면서 정신을 잃었다가 지금 깨어난 것이다.

그런데 그곳 돌계단 아래에서부터 지금 도무탄이 서 있는 곳까지의 거리가 이십여 장인데 그 양쪽에 시체가 널려 있다.

시체들은 한마디로 목불인견, 눈 뜨고는 봐줄 수 없을 만큼 참혹했다.

무각 선사의 모습이 보이지 않자 어쩌면 자신이 죽였을지도 모른다고 도무탄은 생각했다.

소림사로에 이어서 무각 선사까지 죽이다니 도대체 권혼신강을 끌어 올리면 무슨 일이 벌어지는지 생각할수록 궁금했다.

돌계단 아래에서 이십여 장 떨어진 이곳까지 달려올 정도라면 그다지 오랫동안 정신을 잃은 것은 아닌 듯했다. 그렇지만 바닥에 죽어 있는 소림 제자의 수는 무려 오십여 명에 달했다.

그 짧은 시간에 막강한 소림 제자를 오십여 명이나 죽였는데도 아무것도 기억나는 것이 없다.

도무탄은 망연한 표정으로 자신의 모습을 내려다보았다. 두 손을 비롯하여 온몸이 핏물 속에 빠졌다가 나온 것처럼 시뻘건 피투성이다.

그가 다친 것이 아니라 무각 선사를 비롯한 소림 제자들의 피가 묻은 것이다.

소림 제자들은 도무탄에게서 멀찌감치 떨어져 감히 접근할 엄두를 내지 못하고 지켜보고만 있다.

그 소림 제자 중에는 십팔복호호법의 수좌승인 지공과 셋째 정공이 있다.

두 사람은 몸을 부들부들 떨면서 공포에 질린 얼굴로 도무탄을 응시하고 있다.

우뚝 서 있는 도무탄은 머리끝부터 발끝까지 온통 피를 뒤집어썼으며, 옷은 갈가리 찢어져 밤바람에 펄럭이는 모습이 한마디로 아수라(阿修羅)를 연상하게 했다.

지공과 정공은 공포도 공포지만 그보다는 죄책감에 부들부들 떨고 있다.

저 악마 같은 도무탄을 소림사까지 끌어들인 것이 자신들이라고 생각하기 때문이다.

만약 십팔복호호법이 일을 제대로 처리했더라면, 그리고 천상옥화 독고지연을 납치하지 않았다면 무영검가하고 원한 관계에 얽히지도 않았을 테고 도무탄이 여기까지 쳐들어오는 일도 없었을 것이다.

사 년 전 지공은 십팔복호호법의 수좌승으로서 권혼을 회수하기 위해 소림사를 떠났다.

그리고 사 년 동안의 추격에 종지부를 찍는 일이 얼마 전 태원성에서 벌어졌다.

십팔복호호법은 도무탄과 무영검가의 검수들을 맞이하여 싸움을 벌인 결과 지공과 사제 정공, 그리고 다른 한 명의 사제만 간신이 목숨을 건졌다.

세 명으로는 권혼을 회수하는 본래의 임무를 계속할 수가 없어서 소림사로 귀환할 수밖에 없었다.

그리고는 피눈물을 흘리며 그간의 상황을 장문인에게 보고했다.

장문인은 지공 등에게 아무런 꾸중도 하지 않았다. 오히려 그동안 애썼다며 노고를 치하하며 상처를 치료하면서 푹 쉬라고 다독였다.

호된 꾸지람과 징계를 받았더라면 마음이나마 편할 텐데 지공은 백 번을 참회하고 죽는다고 해도 이 대죄를 씻을 수 없을 것만 같았다.

사실 그는 오른쪽 어깨가 완전히 박살 나는 중상을 입었다. 태원성에서의 싸움에서 도무탄이 권신탄을 발출했는데 그것이 현공의 몸을 뚫고 지공의 오른쪽 어깨에 맞아 뼈를 으스러뜨린 것이다.

지공은 도무탄보다 열흘 먼저 소림사에 돌아와 치료를 받았으나 완전히 회복하려면 족히 두어 달 이상은 무리하지 말고 정양해야만 하는 상태였다.

그런데 난데없이 도무탄이 혼자서 소림사에 찾아왔다는 소식을 듣고 크게 놀랐다.

이후 그는 도무탄이 머무는 지객당 별채 근처를 맴돌았으나 딱히 어떻게 해보겠다는 계획은 없었다.

또한 소림사로의 엄명 때문에 별채에 가까이 접근하지도 못하고 도대체 무슨 목적으로 도무탄이 백주에 단신으로 소림사에 찾아온 것인지 궁금해서 아무 일도 손에 잡히지 않았다.

그러다가 사흘째 되는 날 밤 도무탄이 소림사로의 부름을 받고 장로원으로 갈 때 지공은 멀찍이에서 뒤따랐다. 그때 처음 도무탄의 뒷모습을 멀리에서 볼 수 있었다.

지공은 도무탄이 장로원의 어느 아담한 별채로 들어가는 것을 먼발치에서 봤으나 무승들의 경계가 삼엄하여 가까이 접근하지는 못했다.

그러다가 얼마 후 별채 안에서 호통 소리와 함께 싸우는 소리가 터져 나왔으며, 오래지 않아 별채가 통째로 날아가더니 그곳에는 놀랍게도 도무탄 혼자 우뚝 서 있고 소림사로와 네 명의 수제자는 시체를 온전히 보존하지도 못한 상태로 핏물 속에 쓰러져 있었다.

그때는 이미 별채에서 싸움이 벌어졌다는 보고를 접한 장문인과 원로, 그리고 수백 명의 소림 제자가 모여들고 있어서 지공은 급히 은밀한 곳에 숨었다.

그는 도무탄이 혼자서 소림사로와 네 명의 수제자를 죽였다는 사실을 믿을 수 없었다.

그러나 지금은 믿는다. 믿지 않을 수가 없다. 도무탄이 장문인 무각 선사를 산산조각 내서 죽인 직후 불과 열 호흡 만에 소림 제자 오십여 명을 죽이는, 아니, 무차별적으로 도살하는 광경을 사제 정공과 함께 두 눈으로 똑똑히 목격하면서 몸서리를 쳤다.

"아미타불! 저 악마를 죽여라!"

그때 한쪽 방향에서 십여 명의 소림 승려가 도무탄을 향해 쇄도하며 누군가 쩌렁쩌렁하게 외쳤다.

지공과 정공이 쳐다보니 그들은 소림사의 원로들과 주지들이었다.

장문인과 소림사로가 죽고 없는 지금의 상황에서 최고 배분인 그들은 소림사를 피바다로 만든 도무탄을 기필코 죽이리라 각오한 것 같았다.

"저 악마를 절대로 본 파 밖으로 내보내지 마라!"

"무엇들 하느냐? 백팔나한진(百八羅漢陣)을 펼쳐라!"

"일대제자들은 내진(內陣)을! 이대제자들은 외진(外陣)을 맡아라!"

더욱 가까이 달려온 원로와 주지들이 절규에 가까운 고함을 질러댔다.

'백팔나한진!'

멍하니 서 있던 도무탄은 백팔나한진이라는 소리에 정신이 번쩍 들었다.

타앗!

그리고는 정해진 방향도 없이 무조건 전력으로 달리기 시작했다.

백팔나한진이 무엇인지 구체적으로 알지는 못하지만, 그것이 소림사가 자랑하는 최강의 진법이며 일단 거기에 갇히면 신이 아닌 이상 절대로 빠져나오지 못한다는 말을 어렴풋이 들은 적이 있기 때문이다.

방금 누군가 백팔나한진을 펼치라고 외쳤으므로 아직 백팔나한진이 펼쳐진 것은 아니다.

그러니 그전에 무슨 일이 있어도 이곳을 빠져나가야 한다고 판단했다.

도무탄이 비류행을 전개하여 바람처럼 일직선으로 쏘아가고 있는 전방에서 이십여 명의 소림 제자가 마주 달려오고 있다. 아마 그들은 백팔나한진을 펼치기 위해서 달려오는 것 같았다.

도무탄은 권혼력을 극한으로 끌어 올려 두 손에 모았다. 권신탄을 발출하면서 한복판을 뚫고 탈출할 생각이다.

좌우는 쳐다보지도 않았다. 쳐다볼 겨를도 없고 좌우 어디로든 방향을 꺾어 갈 생각도 없다. 잠시라도 지체했다가는 백팔나한진에 갇혀 버릴 테니 무조건 전방을 뚫어야만 살 수 있다.

전방에서 마주 달려오고 있는 소림 제자 이십여 명이 처음에는 일렬이었으나 지금은 갈지(之)자 모양으로 이 열이 되었다.

즉, 두 겹이 된 것이다. 하지만 도무탄은 한 겹이든 두 겹이든 권신탄으로 정면 돌파를 할 각오다.

그는 자신이 전력을 다해서 권신탄을 발출하면 능히 뚫을 수 있다고 확신했다.

거리가 삼 장으로 좁혀들었을 때 그는 더욱 속도를 높여 달리면서 두 팔을 앞으로 쭉 뻗어 권신탄을 발출했다.

왼쪽 주먹으로는 권신탄을 한 번도 발출한 적이 없지만 지금 상황에서는 하나의 권신탄보다는 두 개가 훨씬 효과적일 테고 왼 주먹으로도 발출할 수 있을 것 같았다.

쿠앗!

그의 두 주먹에서 벼락이 치듯 짙은 핏빛 빛줄기가 섬광처럼 뿜어졌다.

예상한 대로 왼 주먹으로도 권신탄이 뿜어졌으니 이것은 좋은 징조다.

그런데 권신탄이 발출되는 것과 동시에 소림 제자들이 형성하고 있는 갈지자의 한복판, 그러니까 두 줄기 권신탄이 적중될 그 위치가 갑자기 믿어지지 않을 만큼 빠른 속도로 뒤로 쑥 물러났다.

그것은 마치 소림 제자 이십여 명이 길쭉한 술병을 만든 것 같았고, 술병 맨 밑바닥을 향해 도무탄이 돌진하면서 권신탄을 발출한 것 같은 상황이다.

파아—

그러더니 술병의 맨 밑바닥이 갑자기 뻥 뚫렸고, 그곳으로 두 줄기 권신탄이 아무도 적중시키지 못하고 그대로 통과해

버렸다. 빛만큼이나 빠른 권신탄을 피하다니 도무탄은 도무지 믿어지지 않았다.

그뿐만 아니라 도무탄은 졸지에 술병 안에 갇히는 상황이 돼버렸다.

그리고 그 순간 양쪽의 소림 제자들이 일제히 그를 향해서 쌍장을 뻗으며 장풍을 발출했다.

과웅—!

이십여 명이 일제히 장풍을 발출하자 천지가 진동하는 굉음이 터지며 사방에서 무시무시한 경풍이 쇄도했다.

그것을 맞받아친다는 것은 엄두도 낼 수 없고, 빠져나갈 곳은 허공과 땅속뿐이라서 도무탄은 발을 힘껏 박차며 수직으로 솟구쳤다.

그가 단번에 솟구칠 수 있는 높이는 이 장 정도이다. 물론 권혼력을 바탕으로 비류행을 전개했을 경우다.

만약 그가 권혼심결 삼초식에 매진한 것처럼 비류행을 연마했더라면 훨씬 더 높게, 그리고 빠른 경공술을 터득할 수 있었을 것이다.

그가 수직으로 이 장 높이까지 솟구쳐 오르자 이십여 명의 소림 제자가 일제히 발출한 장풍은 모두 그의 발밑으로 빗나갔다.

쿠우우—

그런데 느닷없이 허공이 크게 진저리를 치듯이 진동하는가 싶더니 사방에서 거센 경풍이 휘몰아쳐 왔다.

"헛?"

전혀 예상하지 못한 일에 도무탄은 흠칫 놀라며 다급히 주위를 둘러보다가 안색이 변했다.

그가 있는 곳은 허공 이 장 높이인데 그곳의 사방에서 이십여 명의 소림 제자가 신형을 날려 쏘아오면서 일제히 장풍을 발출하고 있지 않은가.

도무탄은 순간적으로 어리둥절했다. 그는 방금 전에 소림 제자 이십여 명의 장풍을 피해서 허공 이 장 높이로 솟구쳤는데 이곳에서도 똑같은 상황이 벌어지고 있으니 머리가 혼란스러웠다.

사실 그는 이미 백팔나한진에 갇혀 버린 것이다. 백팔나한진이라는 것은 백팔 명이 다 모여서 '자! 이제부터 나한진을 전개하자' 라고 해야 펼칠 수 있는 것이 아니다.

소림 제자가 단지 몇 명뿐이라고 해도 진에 가둘 표적과 대치가 시작되는 순간 이미 백팔나한진은 발동된다.

도무탄이 도망치려고 한쪽 방향으로 질주하다가 맞닥뜨린 최초 이십여 명의 소림 제자하고 한두 초식을 주고받는 사이에 다른 소림 제자들이 속속 모여들어 술병 모양 바깥쪽에서 백팔나한진을 완성시키고 있었던 것이다.

예를 들면 도무탄이 권신탄을 발출했다가 여의치 않아서 허공으로 솟구치는 그 짧은 사이에 최초의 소림 제자 이십여 명이 바깥쪽에서 허공으로 치솟으며 도무탄에게 일제히 장풍을 발출한 것이다.

어영부영하고 있다가는 백팔나한진은 완전한 진용을 갖출 것이고, 그때는 정말로 독 안에 든 쥐 신세가 될 터이다.

일의 전말이야 어찌 됐든 도무탄으로서는 코앞에 닥친 위기에서 벗어나야 하는데 허공중에 떠 있는 상황이므로 일시지간 어찌해야 할지를 몰랐다.

그가 아무리 설잠운금의를 착용하고 있다 해도 소림 제자 이십여 명의 장풍을 한꺼번에 온몸에 두들겨 맞는다면 무사하기 어려울 터이다.

아래에는 최초에 공격한 소림 제자 이십여 명이 있으니 하강하는 것은 안 된다.

그러므로 지금의 위기에서 벗어날 수 있는 길은 더욱 위로 솟구치는 것뿐이다.

궁즉통(窮卽通), 궁하면 통한다고 했다. 그는 다급하게 오른발에 권혼력을 모아 왼발 발등을 힘껏 찍었다.

이것은 경공술의 꽤 높은 수준에 속하는데, 그는 누군가에게 배운 적은 없지만 다급한 상황에 처하니 임기응변으로 생각해 낸 것이다.

슈욱―

과연 그 방법이 먹혔다. 그는 재차 수직으로 일 장쯤 더 솟구쳐 올랐다.

위기에서 벗어난 것만이 아니라 그는 방금 허공중에서 자기 발등을 찍어서 도약하는 기발한 수법 하나를 배웠다.

그가 솟구쳐 오르고 발밑으로 장풍이 태풍처럼 스쳐 지나갈 때 그의 뇌리를 스치는 것이 있다.

이런 상황이라면 어디에선가 또다시 제삼의 공격이 가해질지도 모른다는 사실이다.

'피하자!'

지상에서 삼 장 높이까지 치솟은 그는 한쪽 방향을 향해서 방금 배운 수법, 즉 오른발로 왼 발등을 찍는 방법으로 힘차게 날아갔다.

휘익!

쐐애액―

그런데 그와 동시에 사방에서 수십 명의 소림 제자가 쏘아오면서 맹렬하게 검을 그어댔다.

검은 모두 사십 자루인데 그가 한쪽 방향으로 쏘아가는 덕분에 그쪽 방향의 십여 자루만 쇄도했다.

도무탄은 소림 제자들이 허공 삼 장 높이까지 솟구쳐서 공격하고 있다는 사실에 놀랄 겨를조차 없었다.

그는 자신이 날아가고 있는 방향에서 공격해 오고 있는 십여 명의 소림 제자 중 한복판의 두 명을 표적으로 삼아 양 주먹으로 권신탄을 발출했다.

쿠앗!

그 순간 조금 전과 같은 상황, 즉 그가 표적으로 삼은 두 소림 제자가 순식간에 뒤로 물러나면서 술병 맨 밑바닥 같은 모양이 돼버렸다.

그뿐만 아니라 아까처럼 술병 맨 밑바닥을 형성하는 두 명이 양쪽으로 비켜나면서 맨 밑바닥이 뻥 뚫렸다.

도무탄이 뻥 뚫린 밑바닥을 통해서 빠져나가면 얘기는 간단한데 그게 말처럼 쉽지가 않았다.

그가 밑바닥까지 가는 동안 술병 양쪽을 형성하고 있는 소림 제자들이 가만있지 않기 때문이다.

더구나 그는 방금 권신탄을 발출하느라 두 팔을 앞으로 쭉 뻗은 자세이며 설상가상으로 몸이 하강하기 시작했다. 새가 아닌 이상 허공에 떠 있을 수는 없다.

당황하니 정신이 분산되고 권혼력이 흐트러졌다. 행운은 쌍으로 오지 않고 불행은 홀로 오지 않는다더니 지금이 딱 그 꼴이다.

파파팍!

그의 등과 옆구리를 대여섯 자루 검이 마구 찌르고 있다.

그 와중에도 그는 겉으로 드러난 얼굴과 두 손을 보호하느라 두 손을 말아서 얼굴을 가렸다.

'이제 어쩐다?'

지상엔 소림 제자들이 바글거리고 있고, 허공으로 솟구쳐도 도망치거나 피할 수가 없다.

그제야 그는 자신이 백팔나한진에 갇혔다는 사실을 깨달았다.

'이제는 권혼신강뿐인가?'

*　　*　　*

"음……."

도무탄은 온몸이 조각조각 쪼개지는 듯한 극심한 고통에 묵직한 신음을 흘렸다.

그 순간 그는 자신의 신음 소리에 흠칫 놀랐으며, 여태까지 정신을 잃고 있다가 이제야 깨어나고 있다는 사실을 깨닫고 더 놀랐다.

'어떻게… 된 것인가?'

그는 백팔나한진에 갇혔다가 위기의 순간 권혼신강을 끌어 올렸고, 그리고 정신을 잃었다.

그 이후 무슨 일이 벌어졌는지 모르지만, 지금 자신이 어떤 상황에 처해 있는지도 알 수가 없다.

그런데 온몸의 피가 온통 얼굴로 몰린 것 같은 느낌이 들어 몸을 조금 움직여 봤다.

철컥.

묘한 쇳소리가 나면서 그의 몸이 출렁거렸고, 몇 가지 느낌이 동시에 들었다.

온몸이 쪼개질 듯 고통스러운 것은 차치하고 우선 그는 자신이 거꾸로 매달려 있다는 사실을 깨달았다. 그리고 쇠사슬이 두 발목을 비롯하여 두 팔과 몸을 칭칭 휘감고 있었다.

그런데 주위가 너무 캄캄해서 이미 권혼력을 잃은 것이 아닌가 하는 불길한 생각이 들었다.

그러나 그가 주위를 보려고 마음먹는 순간 눈앞이 환해지면서 주위 경물들이 똑똑하게 보였다.

'아직 권혼력이 있고 혈도도 제압되지 않았다.'

하나는 분명하다. 그는 권혼신강을 끌어 올렸음에도 백팔나한진을 뚫지 못하여 제압당했다.

그러나 소림사는 그의 권혼을 어떻게 하지 못했다. 그리고 그의 특이한 체질 때문에 혈도도 제압하지 못했다. 미미하게 꿈틀거리더라도 움직일 수 있다는 게 증거다.

소림사의 목적은 그에게서 권혼을 탈취하는 것이므로 제압하자마자 그의 체내에서 권혼을 뽑아내려고 여러 방법으로 시도했을 것이다.

어떤 다른 목적으로 그의 권혼을 내버려 두었을 것이라고는 상상도 하지 않는다.

다른 목적 따위가 있을 리 없다. 그러므로 그가 아직 살아 있는 이유는 소림사가 아직 권혼을 끄집어내지 못했기 때문이다.

만약 소림사가 권혼을 회수했다면 장문인과 소림사로, 그리고 수십 명의 소림 제자를 죽인 그를 지금까지 살려뒀을 리가 없다.

도무탄의 입가에 비틀린 쓰디쓴 미소가 걸렸다. 중생을 계도하고 자비를 베푸는 불가라고? 개도 웃을 소리다. 소림사는 돼지우리다.

'권혼력이 있다면…….'

그는 자신이 어떤 상황에 처했든 권혼력으로 해결할 수 있을 것이라고 믿었다.

그런데 갑자기 주위가 캄캄해졌다. 마치 환하던 방의 촛불을 끈 것 같았다.

그러나 그는 오래지 않아 그 이유를 깨달았다. 이곳은 원래 캄캄하고 그가 권혼력을 두 눈에 집중시켜야지만 환하게 볼 수 있었다.

그런데 두 눈에 집중했던 권혼력이 저절로 소멸되어 버린 것이다. 하나 그 원인까지는 알지 못했다.

"헉! 빌어먹을⋯⋯."

욕이 저절로 나왔다.

"으아아―!"

철컥, 철커덕!

악을 쓰면서 몸부림을 치니 거꾸로 대롱대롱 매달린 채 흔들리면서 기이한 쇳소리가 났다.

반 시진이 넘도록 권혼력을 끌어 올리려고 별별 짓을 다 해 봤지만 어떻게 된 일인지 권혼력이 단전에 웅크리고 있을 뿐 꼼짝도 하지 않았다. 권혼신강을 끌어 올리려고 시도해 봤지만 그것도 허사였다.

권혼력을 움직이지 못하다니 이상한 일이다. 이런 일은 한 번도 없었다.

안 되는 것은 안 되는 것이고 무슨 뾰족한 수라도 생기지 않을까 이 궁리 저 궁리 하다 보니 하루 종일 망망대해를 헤엄친 것처럼 극도로 지쳐 버렸다.

그렇지만 그는 포기하지 않았다. 이 정도에 포기했다면 오늘날의 해룡방주가 되지도 못했을 것이다.

산서성 사람들이 그를 표현하는 수많은 찬사 중에 '집념의 화신'이 있다. 그리고 또 하나, '하늘도 속일 귀재'라고

도 했다.

지금의 상황에서 벗어나려면 그가 지니고 있는 수많은 재주가 다 필요하지는 않을 것 같았다.

단지 '집념의 화신'과 '하늘도 속일 귀재'라는 두 가지 재주라면 가능하지 않겠는가.

그는 지금까지 마음먹은 것을 단 한 번도 실패한 적이 없다. 단 한 번도.

"우라질."

실패했다. 그리고 포기했다. 그가 하고자 마음먹은 것을 실패한 것도, 포기하는 것도 지금이 처음이다.

이건 도무지 방법이 없다. 삼백여 년 전의 천신권처럼 그도 꼼짝없이 죽게 생겼다.

그렇다면 여긴 필경 천신권이 갇힌 천불갱일 것이다. 그리고 그의 몸을 꽁꽁 묶은 것은 한철삭이라는 전설의 쇠사슬이 분명했다.

한 번도 그런 생각을 해본 적이 없으나 얼굴도 모르는 천신권은 그에게는 사부 같은 존재다.

고금제일인이라는 천신권마저도 꼼짝 못하고 매달린 채 죽임을 당한 천불갱이거늘 도무탄이 무슨 수로 탈출할 수 있겠는가.

제아무리 하늘도 속일 귀재라고 해도 하다못해 지푸라기 같은 것이라도 있어야 이용을 하든가 지랄을 해보든가 할 수 있지 않겠는가.

집념의 화신 같은 것도 죄다 부질없는 소리다. 그가 칼에 찔리고 자루에 돌과 함께 담겨 매란교 다리 아래 분수 강물에 던져졌을 때에도 사실 집념의 화신이나 하늘도 속일 귀재 같은 것은 아무런 소용이 없었다.

만약 그때 소화랑이 차디찬 얼음물 속에서 그를 건져내지 않았더라면, 그리고 소진이 똥오줌 받아내면서 정성을 다하지 않았다면 그는 진작 죽은 목숨이었다.

소화랑과 소진이 그를 살린 것은 순전히 운이지 그의 탁월한 능력 따위가 아니었다.

그러니 그 당시와 비슷한 상황인 지금도 운에 기댈 수밖에 없는 처지다.

하지만 소림사에, 그것도 천불갱에서 그런 기적을 기대하는 것은 미친 짓이었다.

그는 운 같은 것을 믿지 않는 순수한 노력파였으나 분수에 던져졌다가 운으로 살아난 적이 있고, 지금 역시 운에 자신의 생사를 맡겨야 하는 신세가 돼버렸다.

천불갱에 거꾸로 매달린 지 얼마나 시간이 지났는지 전혀.

알 수가 없다.

해가 뜨고 지는 것을 보지 못하니 시간이 흐르지 않고 정지한 것만 같다.

지금처럼 비참한 기분으로는 마치 몇 년 지난 것처럼 답답하고 지루하기만 하다.

도무탄은 가끔 정신을 잃는다. 거꾸로 매달아놓은 자세라서 온몸의 피가 머리로 쏠린 탓에 자주 몹시 어지럽다가 이내 혼절해 버린다.

소림사 땡초들이 삼백여 년 전의 천신권이나 현재의 도무탄을 거꾸로 매달아놓은 데에는 그럴 만한 이유가 있는 것 같았다.

피가 온통 머리로 쏠린 탓에 눈알이 튀어나올 것 같으며 머리가 지끈지끈 쑤시고 이마와 목의 맥박이 펄떡거리는 판국에 도무지 생각이라는 것을 할 수가 없다.

설혹 생각을 한다고 해도 길게 이어지지 않고 단편적으로 뚝뚝 끊어지기 일쑤다.

그러니 무슨 궁리인들 제대로 할 수가 있겠는가. 뭔가 좋은 생각이 번쩍 들었다가도 잠시 후에는 무슨 생각을 했는지조차도 기억이 가물가물했다.

"으으……."

또 정신을 잃었나 보다. 침을 질질 흘리면서 정신을 차렸는데 머리가 깨질 것 같고 정신을 차려도 차린 것 같지가 않았다.

"아직도 죽지 않았군."

그런데 그때 멀지 않은 곳에서 조용한 목소리가 들렸다. 목소리가 또렷해서 환청 같지는 않았다.

"누… 구냐?"

도무탄은 급히 목소리가 들려온 방향을 쳐다보려고 했다. 그러나 뒤쪽이라서 거꾸로 매달린 몸뚱이가 버둥거리기만 할뿐 뜻을 이루지 못했다.

지금은 뒤를 돌아보는 것조차도 마음대로 할 수가 없는 신세다.

"내가 시주 앞쪽으로 갈 테니 애쓰지 마시오."

목소리가 다시 들리고 사박거리는 발걸음 소리가 뒤쪽에서 앞쪽으로 이어졌다.

천불갱이라고 짐작되는 이곳은 지름 이 장 정도에 바닥에서 천장까지의 높이가 삼 장쯤 되는 원형이며 둘레는 석벽으로 된 뇌옥인데 한쪽에 위로 향하는 돌계단의 맨 아래쪽이 보인다.

도무탄은 돌계단 쪽에서 자신에게 걸어오고 있는 자의 모습을 보기도 전에 두 번째 목소리를 듣고 그가 누군지 알아차렸다.

심팔복호호법의 수좌승인 지공이다. 그가 천불갱에 나타날 것이라고는 터럭만큼도 예상하지 못했다.

지공이 앞쪽에 도착할 때쯤 도무탄은 눈을 질끈 감았다. 그가 보기 싫어서가 아니라 두 눈이 빠질 것 같아서다. 그리고 머리가 몹시 어지럽고 아픈 게 아무래도 곧 혼절하려는 모양이다.

지공은 도무탄의 얼굴이 핏빛으로 물든 것을 보고 그가 이삼 일을 버티지 못하고 죽을 것이라고 생각했다.

삼백여 년 전 천신권은 한 달 정도 버텼다고 들었다. 도무탄이 천불갱에 감금된 지 오늘로 팔 일째인데 천신권하고 비교하면 아직 한참 멀었다.

지공은 물끄러미 쳐다보다가 도무탄의 두 눈과 코에서 피가 흐르는 것을 보았다.

팔 일 동안이나 거꾸로 매달아놨으니 이 지경이 되는 것도 이상한 일이 아니다.

"도 시주."

눈을 감고 있는 도무탄은 지공의 말을 들었으나 정신이 가물가물해서 대답할 기력이 없다.

그가 아무 말도 하지 않자 지공도 그의 앞에 서서 물끄러미 그를 지켜보기만 했다. 아마도 그가 혼절한 것이라고 여긴 모양이다.

"뭐… 하러 왔느냐?"

도무탄이 겨우 중얼거렸다. 말을 하니 입에서 피가 흘러나
왔다.

그런 모습은 지금 그가 얼마나 괴로운 상태인지 단적으로
보여주는 것이다.

"도 시주를 보러 왔소."

"크으으, 무엇 때문에 나를 보러… 컥컥!"

도무탄은 말을 하다가 느닷없이 핏덩이를 왈칵 토했다. 두
눈과 코, 귀에서 흐르는 피가 바닥에 홍건하게 고였다.

"도 시주는 말하지 마시오. 말은 내가 하겠소."

지공은 급히 한 걸음 나서면서 손을 저었다. 그는 천불갱
입구를 지키는 두 사제를 설득해서 간신히 이곳에 들어올 수
있었다.

그런데 만약 도무탄이 죽어버린다면 자신이나 천불갱 입
구를 지키는 두 사제는 책임을 면하기 어려울 것이다.

어차피 소림사는 도무탄이 죽기를 기다리고 있지만, 자연
적으로 죽는 것과 지공이 엄명을 어기고 이곳에 내려와 있을
때 죽는 것은 큰 차이가 있다.

"도 시주는 결국 이렇게 돼버리고 말았구려."

지공은 도무탄을 응시하며 착잡한 얼굴로 말했다. 사실 지

공이 이곳에 온 뚜렷한 목적은 없다. 그가 말한 대로 단지 도무탄이 죽기 전에 그의 모습을 한 번 보고 싶었을 뿐이다. 한 번은 꼭 봐야만 할 것 같았다.

지공은 도무탄에게 커다란 분노를 느끼고 있지만 복수하고 싶은 마음은 없다.

지공은 철이 들면서부터 불가에 귀의하여 엄격한 수행을 해왔기 때문에 사람에게 분노를 느끼는 것 자체를 죄악시했다.

"이제 속이 후련하오?"

도무탄이 소림사에 쳐들어와 소림사로와 장문인을 비롯하여 수많은 살인을 저지른 것을 자신의 잘못이라고 자책하고 있는 지공이 착잡한 표정으로 물었다.

"소림사를 이 지경으로 만들어놓았고 결국 도 시주 자신도 죽음을 눈앞에 두고 있소. 이게 도 시주가 원한 것이오? 이런 거였소?"

정신이 가물거리는 도무탄이지만 지공의 말에 배알이 뒤틀려서 눈을 떴다.

두 눈 속에 피가 가득 차서 흰자위는 보이지 않았지만 지공의 모습은 시뻘겋게, 그리고 흐릿하게 보였다.

"크으으, 네놈들이… 내 아내를 납치했기 때문이다."

불자이지만 사람의 뜨거운 심장을 지닌 지공은 도무탄의

억지에 미간을 좁혔다.

"겨우 그것 때문이오? 그것 때문에 본 파를 시산혈해로 만든 것이오?"

"겨우… 라고 했느냐?"

"……."

지공은 흠칫했다. 자신이 정확하게 무슨 실언했는지는 알 수 없지만 뭔가 잘못 말했기에 그가 분노하는 것 같은 느낌이 들었다.

"그래서 네놈들은 겨우… 권혼 하나 때문에 그 지랄을 떨었느냐?"

"도 시주, 그건……."

"네놈들이 모시는 게 부처지?"

지공이 뭐라 말하려는데 도무탄이 불쑥 물었다.

"그렇소."

"내겐 내 아내가 부처다."

"……."

지공은 또다시 할 말을 잃었다. 도무탄이 그냥 하는 말일 수도 있지만 실상 거기에는 심오한 의미가 담겨 있기 때문이다.

"내게는… 그녀의 말이 불경이고… 그녀와 함께 있으면 그곳이 곧 극락이다."

지공은 어떤 깨달음에 갑자기 가슴이 턱 막히고 목울대가 울컥거렸다.

모든 불자의 꿈은 오탁(五濁)의 더러움이 없는 서방정토(西方淨土), 그중에서도 아미타불(阿彌陀佛)이 계시는 극락세계(極樂世界)에 드는 것이다.

불가에서는 천하의 중생을 계도하고 자비를 베풀며 끝없이 염불하면 극락세계에 들 수 있다고 했다.

그런데 도무탄의 극락세계는 그의 아내인 독고지연이라는 것이다.

그렇다면 그의 독고지연을 위한 모든 행동이 불자의 그것과 마찬가지라는 뜻이다.

그런 의미에서 본다면 석가모니불만 숭고한 것이 아니라 독고지연도 숭고한 사람, 아니, 하나의 신성체(神聖體)다. 최소한 도무탄에게는 그렇다.

만약 누군가 부처님을 다치게 하거나 손상했다면 지공은 이성을 잃고 분노했을 것이다.

도무탄도 그것과 다르지 않다. 지공 등이 그의 부처님을 해쳤기에 대응을 한 것뿐이다.

지공은 침묵하면서 도무탄이 한 말을 곱씹으며 생각에 잠겼다가 한참 만에 입을 열었다.

"도 시주의 부처님은 훌륭한 신도(信徒)를 두었구려."

잠시 기다렸으나 도무탄은 아무 말도, 아무런 움직임도 없었다. 혼절한 것이다.

지공은 그로부터 한참 더 있다가 천불갱에 내려올 때보다 몇 배나 더 무거운 마음이 되어 그곳을 떠났다.

第四十六章

우정 그 진실한 의미

등롱기

천불갱에 감금된 지 열흘째부터 도무탄은 깊은 혼절에 빠
져서 잘 깨어나지 못했다.

　그사이 소림사의 원로 두 명이 천불갱에 내려와 도무탄에
게서 권혼을 뽑아낼 수 있는 방법을 두어 시진에 걸쳐서 연구
했으나 아무런 성과가 없었다.

　그들이 내린 결론은, 아니, 추측은 한 가지다. 도무탄이 그
옛날 천신권처럼 자연사(自然死)를 하면 인피와 함께 권혼도
남지 않을까 하는 것이다.

　소림사가 권혼을 손에 넣으려고 집착하는 것은 순전히 무

공에 대한 관심 때문이다.

단순히 무림의 안녕을 위해서 혈살성을 제거하는 것이라면 도무탄의 죽음과 함께 권혼이 영원히 매장된다고 해도 개의치 않을 일이다.

그래도 소림사는 마지막 양심은 지켰다. 자신들의 손을 더럽혀서 도무탄을 직접 죽이지 않고 자연사하도록 천불갱에 매달아두었다는 사실이다.

*　　　*　　　*

소림사가 있는 숭산 인근의 크고 작은 성이나 현의 객잔에서는 빈 방을 찾는 것이 백사장에서 바늘을 찾는 것만큼이나 어려웠다.

그 이유는 하나, 도무탄의 소문을 듣고 끊임없이 꾸역꾸역 모여드는 무림인들 때문이다.

해룡방주 무진장 도무탄이 제 발로 걸어서 소림사에 들어간 이후 꾸준히 모여든 무림인의 수는 현재 삼만여 명에 육박하고 있었다.

무림에 몸담고 있는 사람이 사십여 만 명이라고 하니 삼만 명이면 엄청난 수다.

도무탄이 소림사에 올라간 지 오늘로써 이십삼 일이 지났으며, 현재 몇 개의 소문이 나돌고 있다.

그가 소림사에 들어가고 사흘째 되는 날 밤에 그와 소림사 간에 굉장한 싸움이 벌어졌다고 한다.

그 싸움에서 도무탄이 소림 장문인 무각 선사와 소림사로, 그리고 소림사로의 수제자 네 명을 비롯하여 소림 제자 백여 명을 죽였다는 소문이 파다했다.

소림 장문인 무각 선사는 시신을 온전히 꿰어 맞추기도 어려울 정도로 온몸이 산산조각 나서 흩어졌고, 소림사로와 소림 제자들도 눈 뜨고 쳐다볼 수 없을 정도로 참혹한 죽음을 당했다는 것이다.

이후 도무탄은 백팔나한진에 갇혔다가 끝내는 제압되어 천불갱에 감금되었다는 것이다.

소림사는 이십 일 전 밤에 벌어진 싸움에 대해서 전 제자에게 함구령을 내렸다.

하지만 칠백여 명이나 되는 제자를 일일이 감시할 수는 없고, 꼭 소림 제자가 아니더라도 그날 밤의 싸움을 목격한 사람은 한두 명이 아니었다.

무림에는 목숨을 걸고서라도 그런 광경을 기필코 보려는 별난 인물이 꽤 많다.

그렇기에 그날 밤 소림사 경내에서 벌어진 싸움의 진위에 대해서 왈가왈부하는 사람은 별로 없었다. 거의 신뢰할 수 있는 소문이라는 뜻이다.

결국 도무탄이 소림사에 피바람을 일으킨 후 제압되어 천불갱에 감금되는 것으로 일단 잠정적인 결론이 나자 무림에서는 세 가지 반향이 일어났다.

그에 대한 동정론, 그를 영웅시하는 움직임, 그리고 그를 악인으로 규정하여 소림사의 처사에 맹목적으로 찬성하는 무리이다.

그러나 동정론과 영웅시하는 여론이 절대다수여서 그를 악인으로 여기는 극소수를 압도적으로 짓눌렀다.

동정론은 그가 연인 독고지연과 그녀의 가문을 위해서 소림사에 단신으로 쳐들어갔기 때문에 만인의 공감을 이끌어낸 것이다.

그리고 영웅론은 실로 오랜 세월 동안 소림사를 위시한 구대문파의 무소불위의 전횡(專橫)에 불만을 품고 있던 수많은 무림군웅의 지지를 얻었기 때문이다.

도무탄이 구대문파에게 억압받는 모두를 대신해서 소림사에 항거한 양상이 된 것이다.

그러더니 동정론과 영웅론을 불러일으킨 사람들의 입에서 비롯된 하나의 예언이 일파만파로 퍼져 나갔다.

만약 도무탄이 소림사 천불갱에서 살아 나오게 된다면 그때는 당당한 한 마리의 용(龍), 즉 등룡(騰龍)이 될 것이라고 말이다.

당금 무림에 용은 네 명이다. 그들을 일컬어 천하사룡이라
고 하는데 거기에 등룡이 보태지면 천하오룡(天下五龍)이 된
다.

*   *   *

도무탄은 하루 중에 겨우 일각 정도만 깨어 있는 상태가 되
었다. 즉, 일각을 제외한 하루의 대부분을 혼절해 있다는 뜻
이다.

원래 그는 얼마 전부터 일부러 운공조식을 하지 않아도 하
루 종일 상시 운공조식이 진행되는 신체로 변모했다.

그런데 천불갱에 갇힌 이후 상시 운공조식을 하던 것이 저
절로 정지해 버렸다.

아마도 그를 꽁꽁 묶고 있는 한철삭이 무슨 괴이한 조화를
부리는 것 같았다.

한철삭에 묶이면 무공이나 공력을 사용하지 못한다든가
하는 제약이 있는 듯했다.

"우라질……."

세 시진 전에 잠깐 깨어났을 때에는 '빌어먹을'이라고 한
마디 하고는 곧바로 혼절했다.

이곳이 소림사 천불갱이고 자신은 여전히 한철삭에 거꾸로 매달려 있다는 사실을 깨닫고는 절망과 울화가 치민 것이다.

그런데 얼마나 지났는지 모를 지금 또 깨어나서 똑같은 것을 깨달았다. 이곳은 여전히 천불갱이고 그는 한철삭에 거꾸로 매달려 있다.

전에는 지공이라는 놈이 와서 말을 거는 게 귀찮아서 짜증이 났는데, 이제는 그런 놈이라도 좀 와줬으면 좋겠다는 생각이 든다.

외롭다든가 하는 건 아니다.

'이렇게 죽는 건가.'

아무도 보지 않는 곳에서 죽는다는 게 기분 나빠서이다.

그렇지만 그는 기분이 더 나빠지기 전에 또다시 혼절의 늪속으로 빠져들었다.

슥—

"……."

그런데 그게 아니다. 혼절하던 그는 갑자기 머리가 맑아지면서 서서히 정신이 드는 것을 느꼈다. 그것은 마치 이미 꺼진 촛불 심지에 불을 붙인 것 같은 느낌이다.

"아아……."

기분이 너무 좋아진 나머지 그의 입에서 저도 모르게 탄성이 흘러나왔다.

그는 눈을 떠보았으나 권혼력을 눈에 집중하지 못하니까 캄캄했다. 더구나 그의 두 눈에는 핏물이 그득했다.

"내가 늦은 건가?"

그런데 그때 바로 옆에서 굵고 나직한 목소리가 다정하게 들렸다.

도무탄은 자신의 귀를 의심했다. 왜냐하면 방금 들린 목소리가 그에게 단 한 명뿐인 친구의 것이기 때문이다.

"여, 연풍……."

아무것도 보이지 않지만 도무탄은 두리번거리면서 떨리는 목소리로 중얼거렸다.

"내가 자네를 풀어주겠네."

거꾸로 매달려 있던 도무탄의 몸을 잡아서 똑바로 세운 사람은 뜻밖에도 소연풍이었다.

그 덕분에 얼굴에 몰려 있던 피가 하체로 내려가면서 혼절하려던 도무탄이 깨어난 것이다.

슝!

소연풍은 어깨에 메고 있는 칠성검을 뽑아 공력을 주입하여 도무탄의 다리 아래쪽 한철삭을 내려쳤다.

칵! 카칵!

천하의 명검인 칠성검에 이 갑자 이상의 공력을 주입했는데도 서너 차례 휘둘러서야 끊어질 정도이니 한철삭이 얼마나 강한지 알 수 있다.

소연풍은 그러고도 수십 차례 칼질을 더 해서 도무탄의 몸을 칭칭 묶은 한철삭을 다 잘라냈다.

"좀 어떤가?"

소연풍은 도무탄을 석벽에 기대 앉혀준 후에 부드럽게 물었다.

도무탄의 온몸은 핏물로 목욕을 한 것 같았다. 그는 권혼력을 눈에 집중시켜 비로소 친구의 모습을 발견하고는 감격 어린 표정을 지었다.

자신에게 남은 것은 죽음밖에 없다고 생각했는데 소연풍을 보게 될 줄이야.

"연풍 자네가 나를 구하러 오다니……."

소연풍은 빙그레 미소를 지었다.

"친구인데 당연히 구하러 와야지."

만약 소연풍이 절망적인 상황에 처했다는 소식을 들었다면 도무탄도 당연히 그를 구하러 달려갔을 것이다.

그러나 세상에는 그 당연한 일을 하지 못하는 사람이 대부분이다. 당연한 것이 무시되고 외면 받는 세상이다.

도무탄은 자세가 똑바로 되자 눈과 코, 입에서 더 이상 피가 흐르지도 어지럽지도 않았다.

그렇지만 한철삭에서 방금 풀렸기 때문에 아직은 상시 운공조식이 개시되지 않았다. 몸이 정상으로 회복되어야 상시 운공조식이 시작될 것이다.

더구나 너무나 오랫동안 거꾸로 매달려 있던 탓에 혼자 힘으로 일어서는 것조차도 어려웠다.

그렇지만 그는 빨리 회복해야 한다는 생각보다는 소연풍에 대한 감동이 훨씬 더 커서 눈시울이 붉어지며 그를 바라보았다.

그는 문득 자신이 알몸이라는 사실을 그제야 깨달았다. 알몸이니까 당연히 설잠운금의도 입고 있지 않았다. 소림사가 그에게 설잠운금의를 입혀두었을 리가 없다.

"업히게. 여기에서 나가야겠네."

소연풍은 그의 앞에 쪼그리고 앉으면서 넓은 등을 내밀었다. 도무탄이 상체를 앞으로 기울이자 소연풍은 그를 번쩍 업고는 계단 위로 바람처럼 쏘아 올랐다.

휘이이—

계단은 나선형으로 빙글빙글 돌면서 끝없이 이어졌다. 소연풍이 전력을 다해서 쏘아 오르는데도 반각 가까이 걸려서야 마침내 꼭대기에 도달했다. 그렇다면 천불갱은 지하 수백 장 깊이에 있다는 얘기다.

계단 꼭대기에는 커다란 철문이 가로막혀 있는데 소연풍

이 슬쩍 밀자 철문이 묵직하게 열렸다.

철문은 밖에서 어린아이 머리통만 한 자물쇠를 채우게 되어 있는데 이미 소연풍에 의해서 반도막으로 잘라져 바닥에 나뒹굴고 있었다.

그런데 다섯 명의 소림 제자가 철문을 등지고 나란히 서 있는데 소연풍이 도무탄을 업고 나와 그들 옆을 스쳐서 어둠 속으로 멀리 사라지는데도 묵묵히 서 있다.

사실 그들은 이미 소연풍에 의해서 혈도가 찍혀 제압된 상태였다.

만약 소연풍이 그들을 죽여 쓰러뜨려 놓았다면 다른 소림 제자들의 눈에 쉽게 띄었을 것이다.

다섯 명의 소림 제자는 눈을 뜨고는 있지만 혼혈이 제압된 상태라 선 채로 자고 있는 중이다.

그들은 앞으로 한 시진 후에 깨어나더라도 무슨 일이 일어났는지 전혀 모를 것이다.

천불갱은 소림사에서 가장 깊숙한 곳에 위치해 있다. 삼면이 비조불입의 깎아지른 높은 절벽으로 가로막혀 있는 탓에 그곳에 출입하려면 외길뿐이고 수십 채의 전각과 법당을 지나쳐야만 했다.

소연풍은 무림에서도 최고 수준의 경공술을 발휘하여 은

밀하게 달렸으나 천불갱까지 가는 데 세 차례나 소림 제자들에게 발각됐고, 그들 열다섯 명을 처치하여 은밀한 곳에 감추어 두었다.

그들의 시체가 발견되었다면 소림사가 발칵 뒤집혔겠지만 소연풍이 도무탄을 구출해서 나올 때까지도 별다른 일은 벌어지지 않았다.

그렇지만 소연풍은 도무탄을 업고 소림사를 빠져나가는 과정에 다시 두 차례 소림 제자들과 마주쳤다.

"멈추시오!"

쏜살같이 질주하는 소연풍의 전방에서 세 명의 소림 제자가 가로막으며 우렁차게 외쳤다.

소연풍은 천불갱을 나온 직후 이미 소림 제자 두 명을 죽였으며 채 다섯 호흡이 지나기 전에 또다시 두 번째 소림 제자들과 마주친 것이다.

첫 번째 마주친 소림 제자 두 명은 소리를 지르기도 전에 죽여서 다행이었으나 이번에는 소림 제자들이 소연풍을 먼저 발견하고 호통을 친 바람에 곧 많은 소림 제자들이 몰려나올 터이다.

소림사는 소실봉(少室峰) 아래 작은 숲[林]에 있다고 해서 생긴 이름이다.

그러므로 소림사의 구조는 배후에 소실봉과 태실봉 등 세 개의 높고 거대한 봉우리를 등지고 있으며, 좌우가 수백 장 높이의 낭떠러지이고, 전문 쪽만이 산 아래로 이르는 길이라서 소연풍은 무슨 일이 있어도 전문을 통과해야만 탈출할 수가 있다.

소연풍은 더욱 속도를 높여서 질주하며 오른손의 칠성검을 수평으로 눕혀 번개같이 두 번 그어댔다.

스파앗―

무려 오 장의 거리인데도 칠성검에서 두 줄기의 검강이 비스듬하게 뿜어지자마자 세 명의 소림 제자 몸통을 그대로 절단해 버렸다.

"흐악!"

"크악!"

처참한 비명 소리가 소림사의 밤하늘로 울려 퍼졌고, 비명 소리의 여운이 채 사라지기도 전에 소연풍은 전문을 넘어 산 아래를 향해 내달렸다.

용담호혈(龍潭虎血)인 소림사에 잠입하여 그것도 천불갱에서 사람을 구출하는 일은 불가능하다는 것이 무림의 공통된 상식이다.

그런데 그것을 소연풍이 깨버렸다. 그는 발각되지 않은 상태에서 소림 제자 이십 명만을 죽였으나 만약 발각됐다면 도무탄을 구출하는 것은 물론이고 그 자신도 소림사에서 살아

나가는 것은 어려웠을 터이다.

말하자면 그는 목숨을 걸고 벗을 구하러 온 것이다. 이것이 바로 생사를 초월한 우정이 아니겠는가.

그가 전문을 벗어나 산 아래를 향해 수백 장가량 달려가고 있을 때 소림사 곳곳에 불이 밝혀지면서 범종 소리가 요란하게 울려 퍼졌다.

땡땡땡땡땡—!

하남포구는 인시(寅時:새벽 4시경) 무렵인데도 불야성을 이루고 있었다.

날이 밝으면 출발하게 될 수십 척의 상선에 수백 명의 인부가, 그리고 마차와 수레들이 오가면서 분주하게 짐을 싣고 있는 중이다.

그럼에도 포구에서 그리 멀지 않은 낙수 상류 쪽의 어두컴컴하고 텅 빈 거리를 하나의 인영이 빠른 속도로 쏘아가는 모습을 아무도 발견하지 못했다.

그 인영은 흑의를 입고 있는 소연풍이고 등에는 알몸의 도무탄을 업고 있다. 도무탄은 온몸이 피투성이라서 알몸처럼 보이지 않았다.

소연풍은 소림사에서 탈출하는 것이 워낙 촌각을 다투는 일이라서 그에게 옷을 입힐 겨를조차 없었다. 그는 소림사 전문을 나선 이후 한시도 쉬지 않고 최고의 경공술을 전개하여 이곳까지 달려왔다.

"저기… 염저루라는 기루가 있을 걸세."

도무탄이 거리 앞쪽을 가리키며 중얼거렸다. 그는 매우 힘들었으나 정신만은 말짱했다.

하남포구에서 규모가 가장 큰 건물인 염저루의 맨 꼭대기 오 층의 어느 방에 세 사람이 있다.

탁자에는 독고지연과 독고기상이 마주 앉아서 침통한 표정으로 침묵하고 있고, 침상에는 독고은한이 엎드려 소리 죽여 흐느껴 울고 있다.

독고지연과 독고기상의 얼굴은 예전에 비해 수척해진 모습이다.

이들은 잠에서 일찍 깬 것이 아니라 아예 잠을 자지 않고 꼬박 밤을 지새웠다.

그것도 오늘만이 아니라 도무탄이 소림사로 혼자 떠난 그날부터 지금까지 하루도 제대로 잠을 잔 적 없이 매일 날밤을 새우다시피 했다.

"흑……."

망연히 창 쪽을 쳐다보고 있던 독고지연이 문득 도무탄을 떠올리고는 낮은 흐느낌을 터뜨렸다.

하루 중에 거의 반 이상을 그를 걱정하면서 우는데도 눈물이 마르지 않고 계속 흘러나왔다.

"나는 못 살아. 그이 없이는 못 살아. 흑흑……."

실성한 듯 중얼거리는 그녀의 눈에서 방울방울 눈물이 뺨을 적시고 무릎으로 떨어졌다.

"으흐흐흑!"

침상에 엎드려 있는 독고은한은 울음을 거의 그쳐 가고 있었는데 독고지연이 우는 바람에 또다시 몸부림을 치면서 오열하기 시작했다.

지난 이십삼 일, 아니, 자정이 지났으니까 이제 이십사 일이 지났다. 그동안에 독고은한은 동생인 독고지연만큼이나 슬퍼하면서 하루하루를 보냈다.

이들 독고 씨 삼 남매를 더욱 슬프게 만드는 것은 도무탄이 소림사 천불갱에 감금되어 있다는 사실을 알았는데도 자신들이 할 수 있는 일이 아무것도 없다는 사실이다. 그것은 이들을 비참하게 만들었다.

독고지연은 이미 몇 번이나 자기 혼자서라도 도무탄을 구하겠다고 뛰어나갔으며, 그때마다 독고기상이 그녀를 저지하느라 애를 먹었다.

그녀 혼자 소림사에 간다면 도무탄을 만나보기도 전에 죽음을 당할 것이다.

그런 줄 알면서도 그녀는 소림사에 가려고 했다. 도무탄을 구하지 못할 바에는 그를 한 번만이라도 보기를 원했다. 그다음에는 죽어도 상관이 없다는 생각이다.

그녀는 원래 목숨을 다해서 도무탄을 사랑했는데 이번 일로 인해 그를 향한 사랑이 '목숨을 다 바쳐서'라는 말로는 설명할 수 없다는 사실을 깨달았다.

척!

그때 느닷없이 문이 열렸다. 그러나 열린 문을 쳐다본 사람은 독고기상뿐이다. 그는 착잡한 표정으로 천천히 문을 쳐다보았다.

한매선과 궁효, 소진, 해룡야사 등 도무탄 측근들이 수시로 드나들기 때문에 그들 중 한 명일 것이라고 여긴 것이다.

"귀하는 누군가?"

그런데 독고기상이 검을 잡으면서 의자에서 일어나며 냉랭하게 물었다.

그제야 비로소 독고지연과 독고은한이 눈물이 가득한 눈으로 동시에 문 쪽을 쳐다보았다.

"아!"

활짝 열린 문밖에 우뚝 서 있는 사내를 발견한 독고지연은 탄성을 터뜨렸다.

"당신……."

소연풍은 문 안으로 두 걸음 성큼 들어와서 독고지연을 보며 반가운 미소를 떠올렸다.

"제수씨."

독고지연은 그의 '제수씨'라는 호칭을 듣게 되자 또다시 왈칵 눈물이 나왔다.

그런데 소연풍이 문을 닫고 곧장 침상으로 향했다.

"무탄을 데려왔소."

"……."

그제야 사람들은 그가 누군가를 업고 있다는 사실을 깨달았으며, 그가 방금 '무탄'이라고 말했다는 사실을 깨닫고 소스라치게 놀랐다.

독고은한은 침상에서 발딱 일어나 자리를 비켜주며 물었다.

"도무탄 그분인가요?"

소연풍은 피범벅인 알몸의 도무탄을 침상에 조심스럽게 눕혀놓았다.

"그렇소."

독고은한은 머리에서 발끝까지 핏물을 뒤집어쓴 알몸의 사내를 긴가민가하는 표정으로 바라보았다.

"설마……."

독고지연과 독고기상도 어느새 침상으로 다가와 도무탄을

굽어보고 있다.

눈을 꾹 감고 있는 도무탄은 지금 천불갱에서 구출된 이후 최초로 운공조식을 하고 있다.

그 자신이 시행하는 것이 아니라 자동적으로 운공조식이 시작된 것이다.

그는 거꾸로 매달려 있어서 눈과 코, 입, 귀에서 흐른 피가 얼굴과 머리카락을 온통 뒤덮었으며, 한철삭에 묶인 상태에서 몸부림을 쳤기 때문에 날카로운 한철삭에 온몸이 찢어져 있다.

그렇지만 독고지연은 한눈에 알아볼 수 있다. 설사 그가 죽어서 한 줌의 재가 되었다고 해도 어찌 그를 알아보지 못하겠는가.

"여보… 탄 랑… 흐윽!"

그녀는 왈칵 울음을 터뜨렸다. 도무탄의 너무나 처참한 모습이 그녀의 가슴을 갈가리 찢어놓았다.

소림사에서 얼마나 심한 고초를 당했으면 이 지경이 되었단 말인가. 그녀는 온몸을 바들바들 떨면서 제 가슴을 치며 오열했다.

그녀가 도무탄에게 쓰러지면서 그를 안으려고 하자 소연풍이 그녀를 붙잡았다.

"안 되오. 지금 무탄은 운공조식 중인 것 같소."

"아⋯⋯."

독고지연과 독고은한, 독고기상은 불과 몇 호흡 사이에 절
망에서 환희로 바뀐 이 현실이 믿어지지 않지만 받아들였다.
자신들의 눈앞에 피투성이가 되어 누워 있는 사람은 도무탄
이 분명했다.

"후우⋯⋯."

그때 도무탄이 길게 한숨을 내쉬면서 눈을 떴다.

"여보!"

독고지연이 더 이상 기다릴 수 없다는 듯 그에게 쓰러지면
서 찢어지는 듯한 외침을 터뜨렸다.

"연아⋯⋯."

도무탄은 독고지연의 가녀린 몸을 안고 등을 쓰다듬었다.
그는 자신이 그녀를 안고 있으면서도 이게 현실인지 꿈인지
실감이 나지 않았다.

얼마 전까지만 해도 그는 소림사 천불갱에 거꾸로 매달린
상태로 죽기만을 기다리는 신세였는데 지금은 아내를 안고
있다.

독고지연은 도무탄을 부둥켜안고 처절하게 몸부림치면서
그의 얼굴이 피투성이든 말든 그의 입에 미친 듯이 입을 맞추
었다.

"사랑해요⋯ 여보. 돌아와서 기뻐요."

그 광경을 지켜보면서 독고은한은 소나기처럼 눈물을 흘렸고, 독고기상도 굵은 눈물을 뚝뚝 흘렸다.

독고지연은 도무탄과 한바탕 격렬한 재회의 의식을 치른 후에야 일어나서 소연풍에게 두 손을 모아 포권하며 진심 어린 표정으로 말했다.

"소 상공, 뭐라고 감사의 말을 해야 할지 모르겠어요. 정말 큰 빚을 졌어요."

소연풍은 엷은 미소를 지으며 고개를 가로저었다.

"그렇지 않소, 제수씨. 무탄과 나는 친구인데 빚을 졌다고 말씀하시면 섭섭하오."

독고지연은 일전에 태원성 근교 난촌의 서림장에서 도무탄과 소연풍이 친구가 될 때 그 자리에 있었으므로 그 과정을 누구보다 잘 알고 있다.

그 당시에 독고지연은 소연풍에게 조금쯤 이성적으로 마음이 기울어져 있었다.

다른 이유는 없었다. 소연풍의 사내다운 매력에 끌렸다든가 하는 건 아니고 그녀가 산중에서 죽어가고 있을 때 그가 구해주었기 때문이다.

치료하는 과정에서 그가 그녀의 가슴을 보고 만진 것이 주된 이유이고, 그것이 빌미가 되어 이후 그와 함께 태원성으로 여행하는 동안 차츰 정이 들었다.

그렇지만 서림장에서 소연풍은 그녀에게 분명하게 자신의 뜻을 밝혔다.

그는 그녀를 여자로 생각하지 않으며 자신에게는 아직 할 일이 남아 있기 때문에 누군가를 사랑할 때가 아니라고 못을 박았다.

그때 도무탄이 소연풍에게 천하십대기병 중에 하나인 칠 성검을 아낌없이 주고 친구가 되는 광경을 지켜보면서 독고 지연은 두 사람의 우정이 길게 이어지지 않을 것이라고 여겼 다.

도무탄이 칠성검을 주고 소연풍과의 우정을 산 것 같은 분 위기였기 때문이다.

그때는 그녀가 도무탄의 여자가 될 줄은 꿈에도 상상하지 못했다.

그리고 소연풍이 죽음의 위기에 처한 도무탄을 구해 오게 될 줄은 더더욱 상상도 못했다.

"연아, 너는 연풍을 오빠라고 불러라."

도무탄이 상체를 일으키며 말했다.

독고지연은 즉시 소연풍에게 포권했다.

"풍 가가."

소연풍은 엷은 미소를 지었다.

"연 매."

독고기상은 소연풍을 한 번도 본 적이 없어서 그가 누군지 몹시 궁금했다.

더구나 소림사에 단신으로 잠입해서 도무탄을 구해 왔으니 필경 평범한 인물은 아닐 것이라 짐작했다.

"연아, 이분은 누구시냐?"

도무탄의 처남으로서 소연풍에게 인사를 해야겠다는 생각에 독고기상이 물었다.

"오라버니, 이분은 무적검룡 소연풍이라고 해요."

독고지연이 소연풍을 가리키며 소개하자 독고기상은 눈을 휘둥그렇게 뜨며 경악했다.

"설마 천하사룡의 그 무적검룡이라는 말이냐?"

"그래요, 오라버니."

"맙소사……!"

독고기상은 안색이 크게 변하여 두 눈을 껌뻑거리면서 소연풍을 쳐다볼 뿐 말을 잇지 못했다.

천하사룡은 수백 년 동안 무림에서 배출한 젊은 고수 중 최고 수준의 후기지수이다.

불과 이십 대의 청년들이지만 지닌 바 무공이 구대문파의 장문인을 능가한다는 평가를 받고 있다.

더구나 이들 네 명은 쟁투십오급의 최상위인 '초급'에 해당하는 초절고수이다.

비록 상중하의 하에 속하는 '초하급'이지만 당금 무림에서 그런 반열에 올라 있는 인물은 겨우 열다섯 명 정도에 불과하다.

"소연풍이오."

소연풍이 포권을 하며 먼저 인사를 하자 독고기상은 움찔 놀라 급급히 마주 포권했다.

"이 아이의 오라비인 독고기상이오. 무적검룡을 직접 만나게 되어 영광이오."

"별말씀을……."

독고기상은 이런 자리가 아니라면 자신이 평생 동안 소연풍 같은 초절고수하고 인사를 나눌 기회조차 없다는 사실을 잘 알고 있다.

천하사룡은 무림의 모든 청년에게는 우상 같은 존재다. 청년들의 목표가 바로 천하사룡 같은 훌륭한 초절고수가 되는 것이기 때문이다.

두 남자와 독고지연이 인사를 하느라 어수선한 상황에 독고은한은 침상가에서 물끄러미 도무탄을 굽어보면서 반가움의 눈물을 지었다.

그녀는 가슴이 터질 만큼 기쁘지만 다른 사람들이 있어서 자신의 심정을 드러내지 못하고 있다.

아니, 설혹 도무탄하고 단둘이 있다고 해도 감정을 드러내는 것은 쉽지 않을 터이다.

그녀가 도무탄에 대해서 품고 있는 감정은 순전히 그녀만의 감정일 뿐이니까 말이다.

그때 독고은한은 자신의 손을 가만히 잡는 하나의 손을 느꼈다. 도무탄이 그녀의 손을 잡은 것이다.

순간 그녀는 왈칵 뜨거운 감정이 복받쳐서 하마터면 쓰러지며 그의 품에 안길 뻔했다.

"모두 나가요. 탄 랑의 몸을 닦아야겠어요."

독고지연이 사람들을 내몰았다.

"나도 도울게."

"그래, 언니."

독고은한의 말에 독고지연은 방그레 미소 지었다.

第四十七章

정공법(正攻法)

몹시 지치고 피곤하던 도무탄은 독고지연과 독고은한이 물수건으로 자신의 몸을 깨끗이 닦는 동안 혼곤하게 잠에 취해 있었다.

천불갱에서 벗어났다는, 주위에 가족들이 있다는 사실에 긴장이 풀려서 잠이 쏟아진 것이다.

두 여자는 몇 번이나 새로 물을 떠 와서 열심히 도무탄의 나신을 닦아냈다.

"어머?"

땀을 뻘뻘 흘리던 독고지연은 도무탄의 사타구니를 닦다

가 그의 음경이 발기하자 짐짓 깜짝 놀라면서도 싫지 않은 표정을 지었다.

독고은한은 동생의 탄성에 놀라서 무심코 쳐다보다가 징그럽게 끄떡거리는 괴물체를 발견하고는 얼굴을 붉히며 급히 외면했다.

"에구머니."

독고지연은 어색하게 웃으며 변명을 했다.

"손만 닿으면 이런다니까. 순 색광이야."

독고은한은 그쪽으로는 시선도 주지 못하고 도무탄의 가슴만 부지런히 닦았다.

"주책이야."

독고지연은 말은 그렇게 하면서도 자신의 팔뚝보다 훨씬 굵은 음경을 붙잡고 열심히 닦았다. 그녀의 얼굴에는 사랑스러움과 수줍음이 가득했다.

독고지연은 도무탄이 깨어나면 먹이겠다면서 손수 죽을 끓이러 주방으로 내려갔다.

방에는 도무탄에게 무슨 일이 있는지 보살펴 달라는 동생의 부탁을 받은 독고은한 혼자 침상에 걸터앉아 물끄러미 그를 지켜보고 있다.

도무탄은 여전히 나신이지만 두 여자가 깨끗이 닦은 후 이

불을 덮어주어 곤하게 자고 있다.

'이 사람이 돌아와서 정말 다행이야.'

그녀는 도무탄의 준수한 얼굴에서 시선을 떼지 못하고 그 말을 속으로 이미 여러 번 반복했다.

도무탄이 소림사에 혼자 올라간 이후, 그리고 그가 천불갱에 감금되었다는 소문이 퍼지고 나서 독고지연을 비롯한 해룡방의 측근들 각자는 그가 얼마나 자신들에게 소중한 존재인지 절실하게 깨닫게 되었다.

예전에도 그는 늘 소중했는데 그보다 훨씬 더 소중하다는 사실을 새삼 깨달은 것이다.

독고은한도 예외가 아니다. 그녀는 지금까지 살아오면서 도무탄만큼 친근하게, 그리고 은밀하게 가까웠던 남자가 한 명도 없다.

만약 도무탄이 동생의 남편, 즉 제부가 아닌 다른 남자였다면 그녀는 도무탄에 대한 자신의 걷잡을 수 없는 감정이 사랑이라는 사실을 진작 깨달았을 테고 그에 따른 행동을 취했을 것이다.

그런데 도무탄이 천불갱에 감금된 후 독고은한의 심경에도 큰 변화가 생겼다.

자신이 도무탄을 몹시 사랑하고 있으며, 만약 그럴 기회가 주어진다면 그에게 자신의 사랑을 솔직하게 고백하리라 결심했다.

천성적으로 순하고 여린, 그리고 남을 아프게 할 줄 모르며 자신이 희생할 줄 아는 고결한 성품의 그녀로서는 실로 대단한 결심이 아닐 수 없었다.

제부라고 해도 상관없다는 마음이다. 만약 도무탄이 살아서 돌아와 준다면, 그래서 그녀의 사랑을 받아주기만 한다면 어떤 희생이나 대가라도 웃으면서 치르겠다는 각오를 다졌다.

사랑은 아마도 그런 것인가 보다. 한번 그 거센 불길에 휩싸이면 그 무엇으로도 끌 수가 없으며 그 무엇도 두려워하지 않는 것, 그래서 사랑은 위대하고 또 불장난이라고도 하나 보다.

그런데 막상 도무탄이 살아서 돌아오자 독고은한은 한없이 기쁘기는 한데 어떻게 된 일인지 결심이 흐려졌다.

그를 사랑하는 마음은 변함이 없는데, 아니, 더욱 강렬해졌는데 사랑하는 마음을 고백하려고 했던 결심이 스러져 버린 것이다.

그냥 이대로 제부와 처형으로 그의 곁에서 지켜보는 것으로 위안을 삼을 수밖에 없을 것 같았다.

결심이 흐려진 주된 이유는 그녀의 고백을 도무탄이 받아들이지 않을지도 모른다는 염려 때문이다.

그리고 두 번째는 제부인 그를 사랑해서는 안 된다는 강박감 같은 것이다.

겁이 났다. 느닷없이 찾아온 이 열병 같은 사랑이 그녀를 태우고 가족을 태우고 마침내는 모든 것을 다 태워 버릴 것 같았다.

슥.

그녀는 몇 번을 망설이다가 이윽고 조심스럽게 작고 흰 섬섬옥수를 뻗어 가만히 도무탄의 뺨을 쓰다듬었다.

그의 입 주변과 코밑, 턱과 뺨에 덥수룩하게 난 수염이 손에 까슬까슬하게 만져졌다.

울컥하고 가슴 밑바닥에서부터 뜨거운 것이 솟구쳐 올라 그녀는 견딜 수 없어 살며시 상체를 숙이고 조그맣고 도톰한 붉은 입술을 그의 입술에 살짝 부딪쳤다.

"사랑해요."

입술을 비비면서 아무도 들을 수 없을 정도로 조그맣게 속삭였다.

아니, 그녀는 속으로 말했다고 생각했는데 입 밖으로 중얼거림이 흘러나와 버렸다.

"정말이오?"

"……!"

그런데 그때 그녀는 자신의 입술과 닿아 있는 두툼한 입술이 미미하게 달싹이면서 조용한, 그러면서 달콤한 목소리가 새어 나오는 것을 듣고는 혼비백산했다.

그녀는 너무나 놀라서 눈을 동그랗게 뜨고 급히 상체를 일으키려고 했으나 이미 도무탄의 굵은 팔이 그녀의 허리를 힘껏 끌어안았다.

"아……."

독고은한은 그의 굵은 팔에 힘이 들어가서 몸이 바싹 조여들었지만 아프거나 답답하지 않았다. 오히려 평온하고 행복한 기분에 사로잡혔다.

그가 잠든 줄 알고 독백처럼 중얼거린 고백을 그에게 들켜버린 것이 몹시 부끄러웠지만 한편으로는 이렇게 된 바에는 오히려 잘됐다는 생각이 들었다.

그녀가 아닌 또 다른 그녀가 살금살금 유혹하고 있는 것 같기도 했다.

지독하게 피곤한데도 눕지 않으려고 한껏 버티고 있다가 갑자기 타의에 의해 침상에 쓰러져 푹신한 이불을 덮고 혼곤하게 눈을 감은 것 같은 편안한 기분이다. 그것을 뿌리치기에는 유혹이 너무도 강했다.

도무탄이 천천히 눈을 뜨고 맑고 깨끗한 눈빛으로 그녀를 바라보았다.

"방금 그 말 다시 해보시오."

독고은한은 얼굴이 새빨개지고 가슴이 마구 두근거렸으나 방금 했던 말을 부인하고 싶지는 않았다.

그래서 그의 눈을 말끄러미 응시하면서 방금 전보다 더 또렷하게 말했다.

"당신을 사랑해요."

도무탄은 눈을 크게 떴다.

"정말이오?"

각오를 새롭게 한 독고은한은 용기가 부쩍 생겨 힘껏 고개를 끄떡였다.

"네."

도무탄은 자신이 잘못 들은 게 아니라는 것을 확인하고는 적잖이 충격을 받고 그녀를 빤히 응시했다.

그녀가 독고지연의 언니인데다 성격이 티 한 점 없이 순수하고 해맑아서 추호의 어색함도 없이 자연스럽게 친해진 것이 사실이다.

하지만 그녀가 제부인 자신을 사랑하고 있을 줄은 꿈에도 상상하지 못했다. 그녀는 독고지연의 언니, 즉 처형이 아닌가.

어쩌면 그의 짓궂은 장난이 그녀를 이렇듯 용감하게 만들었는지도 모른다.

아니, 그것은 장난이 아니었을 것이다. 그도 절세 미모에 성품마저 최상인 그녀가 마음에 들었기에 짐짓 장난을 빙자하여 집적거렸던 것은 아닐까.

두 사람이 제부와 처형 사이라는 사실을 독고은한이라고 생각하지 못했을 리 없다.

그러면서도 그녀는 사랑을 고백했다. 그런 제약을 초월하면서 진심을 고백했기에 그녀가 이런 결심을 하기까지는 얼마나 마음고생을 했을 것인지 충분히 미루어 짐작할 수 있었다.

도무탄도 독고은한을 싫어하지 않았다. 아니, 싫어하는 게다 뭔가. 사실은 그녀를 좋아한다. 만약 그녀가 독고지연의 언니가 아니었다면 그 자신이 먼저 사랑을 고백하거나 손을 뻗었을지도 모른다.

그런데 그녀가 먼저 고백을 해왔다. 이 고백은 그래서 여타의 고백하고는 구분되어야 마땅했다.

이 착하고 순수하며 또 상식적인 것을 목숨처럼 여기는 여자의 고백이 아닌가.

"처형……."

"싫어요. 한이라고 불러주세요."

어디에서 그런 용기가 생겼는지 그녀는 입술을 비비면서 속삭였다. 고백은 여자를 용감하게 만드나 보다.

순간 도무탄은 그녀를 자신의 여자로 만들어야겠다는 난

데없는 생각을 했다.

그녀가 자신을 사랑하고 있으며 그 고백을 듣고 자신도 그녀를 사랑한다는 사실을 알게 된 이상 그녀를 모른 체하는 것은 옳지 않다고 생각했다.

사람들은 언제나 자신에게 유리하고 편리한 쪽으로만 생각하는 경향이 있는데 그런 면에서는 도무탄도 별반 다르지 않은 속물이다.

"한아……."

그는 거의 엎드린 자세인 독고은한의 입술을 비비면서 손으로 그녀의 둔부를 어루만졌다.

"네……."

"너를 갖고 싶다. 지금."

청천벽력 같은 말인데도 독고은한은 눈을 커다랗게 뜰 뿐 별로 놀라지 않았다.

진실한 사랑은 모든 것을 초월하기 때문이다. 그렇지만 그녀는 대답하지 않고 눈만 깜빡거렸다. 이럴 때 뭐라고 말해야 하는지 알지 못했다.

그때 도무탄의 혀가 그녀의 입술을 비집고 들어와 물기를 흠뻑 머금은 작고 매끄러운 혀를 휘어 감더니 순식간에 그의 입속으로 빨아들였다.

"읍……."

그녀는 작게 몸부림쳤으나 그것은 반사적인 행동일 뿐 잠시 후 그녀는 저항하지 않고 그가 하는 대로 온몸을 내맡겼다.

도무탄은 이상하리만치 독고은한에 대한 지금의 행위에 대해 추호의 거부감도 없으며 죄의식도 느껴지지 않았다.

아마도 서로의 사랑을 확인했기 때문일 것이다. 그것이 면죄부가 될 수 없는데도 그것만 있으면 다 정당화될 수 있다는 생각이다.

"연아는?"

그는 힘차게 빨아들이던 그녀의 혀를 잠시 놓아주고 입술을 비비며 물었다.

"하아… 주방에… 당신에게 드릴 죽을 끓이러 갔어요."

독고은한이 달뜬 숨결을 내뿜으며 대답하는데 그녀의 혀가 그의 혀에 휘감겼다. 그녀의 말인즉 동생은 지금 당장 오지 않을 테니까 당신이 하고 싶은 행동을 마음껏 할 시간은 충분하다는 뜻이다.

그렇게 대답해 놓고서 그녀는 속으로 흠칫 놀랐다. 자신에게 그런 앙큼한 일면이 있다는 것과 지금 자신의 행동이 동생을 속이는 불륜이라는 사실을 동시에 깨달았다.

하지만 이 사랑을 놓치고 싶지 않았다. 그리고 점점 뜨거워지는 몸뚱이 때문에 그런 죄의식은 고개를 들기도 전에 사그라졌다.

　사실은 도무탄도 제정신이 아니기는 마찬가지였다. 소림
사로 떠나기 전날 독고지연과 정사를 했으니까 장장 이십사
일 동안이나 여자를 품지 못해서 몸이, 아니, 아랫도리가 터
질 지경이다.

　조금 전에 독고은한의 혀를 빨 때까지만 해도 이처럼 욕정
이 들끓는 상태는 아니었다.

　그런데 그게 기름에 불을 붙인 것처럼 도저히 그만둘 수가
없는 상황이 돼버렸다.

　기름에 살짝 불만 붙였다가 금세 끌 수 있다고 생각하는 것
은 오산이다. 불은 더욱 거세게 타오르는 법이다.

　도무탄은 독고은한의 옷을 모두 벗겨서 나신으로 만들어
이불 속으로 끌어들였다.

　그녀의 나신은 독고지연하고는 많이 달랐다. 키와 체형은
비슷하면서도 독고지연의 몸이 탱탱하고 건강미가 넘친다면,
독고은한은 희고 눈부셨으며 가녀리면서도 촉촉하고 매끄러
웠다.

　"아아… 나 무서워요."

　독고은한은 옆으로 도무탄과 마주 보고 누워서 그의 품에
안긴 채 오들오들 떨었다.

도무탄은 자신의 절반밖에 안 될 듯한 아담한 체구의 그녀의 둔부를 어루만지며 동시에 몽실몽실 탐스런 젖가슴을 한 입 가득 물면서 불분명한 어투로, 그러나 자신 있게 말했다.

"음, 나만 믿어."

"아……."

정사를 할 때 독고지연은 능동적인 데 반해 독고은한은 지극히 순종적이었다.

도무탄이 하는 대로 따르면서 두려움과 기쁨, 쾌감으로 몸을 바들바들 떨고 있다.

"저기……."

도무탄이 자신의 은밀한 부위를 어루만지는 바람에 온몸의 신경이 한꺼번에 살아나 아우성을 치는 와중에도 독고은한은 문득 두려운 생각이 들었다.

"그게… 정말 소녀의 몸에 들어갈 수 있나요?"

아까 도무탄의 몸을 닦을 때 괴물이나 다름없는 것 같은 음경을 본 기억이 문득 떠오른 것이다.

도무탄은 그녀의 말뜻을 즉시 알아차렸다.

슥―

"시험해 볼까?"

"아……."

도무탄은 그녀를 똑바로 눕히고 그 위에 몸을 실으면서 미소를 지었다.

극도의 두려움 때문에 그녀의 몸은 단단하게 경직되었고, 두 손으로 그의 어깨를 힘껏 붙잡았다.

도무탄은 입맞춤을 하면서 그녀의 두 다리를 최대한 넓게 벌리고 자신의 하체를 밀착시켰다.

"연아에게 들어갔으니 한아에게도 들어가겠지?"

"네……."

"내 장담하지."

"뭘… 요?"

"한 번 하고 나면 그때부터 한아가 먼저 하자고 덤비면서 나를 괴롭힐 거야."

"설마……."

그녀가 얼굴을 빨갛게 붉히는데 갑자기 옥문 속으로 뭔가 쑤욱 밀려 들어왔다.

"아……."

"아파?"

"아니에요……. 넣은 거예요?"

"그래."

"다행이에요. 아프지 않아요."

도무탄은 그녀가 두려움 때문에 너무 겁을 먹고 있어서 맛보기로 우선 손가락 하나를 넣었다.

"아아… 나… 죽어요……."

그런데 잠시 후 갑자기 독고은한의 눈이 부릅떠지고 입이 커다랗게 벌어졌다. 그런데도 그 모습이 너무도 예쁘고 귀여웠다.

도무탄이 손가락을 빼고 조심스럽게 실물을 삽입하자 그녀는 창에 찔린 은어처럼 몸을 파들파들 떨면서 그의 가슴을 두드리며 죽어가는 듯한 신음 소리를 냈다.

"아아… 설마 당신, 발을 넣은 것은 아니겠죠?"

독고은한은 바들바들 떨면서 눈물을 흘렸다.

도무탄은 그런 그녀의 애처로운 모습이 너무도 사랑스러워서 천천히 허리를 움직였다.

동이 트기도 전에 도무탄은 원래 상태로 완전히 회복되었다. 뿐만 아니라 한철삭에 찢어지고 베인 몸의 상처도 권혼력으로 말끔하게 치료가 되었다.

독고지연은 도무탄이 있는 방에 왔다가 그가 깊이 잠들어 있는 것을 보고는 조용히 문을 닫고 돌아갔다.

마음 같아서는 당장에라도 그의 품에 안겨 잠들고 싶었지만 심신이 피곤한 그가 푹 쉬도록 혼자 자게 해주었다.

그러나 만약 그때 독고지연이 자신이 하고 싶은 대로 이불 속으로 파고들었다면 큰일이 벌어졌을 것이다.

등을 보이고 자는 체하고 있는 도무탄은 실상 나신의 독고
은한을 꼭 안고 있었다.

독고은한은 그를 등지고 새우처럼 웅크린 자세로 이불 속
에 쏙 들어가 호흡은 물론 심장 박동까지도 멈추고 있었다.

도무탄은 독고지연이 이 방으로 오고 있는 기척을 감지한
순간 다른 방법이 없었다.

정사를 하는 중에 독고은한을 창밖으로 내쫓을 수도 없고,
실내에는 숨을 만한 곳이 한 군데도 없다.

그래서 돌아누워서 이불 속에 감춘 그녀를 꼭 안고 있는 방
법을 택한 것이다.

독고지연이 나가자 독고은한의 젖가슴을 잡고 있던 그는
손에 살짝 힘을 주며 허리를 약간 움직였다.

"아……."

독고은한은 화드득 놀랐다. 그의 단단한 그것이 여전히 그
녀의 몸속에 가득 들어차 있는데 그가 허리를 움직였기 때문
이다.

"미워……."

그녀는 허리 뒤쪽으로 손을 놀려서 그의 궁둥이를 살짝 꼬
집었다.

*　　　*　　　*

해룡방주 무진장 도무탄이 소림사 천불갱에서 탈출했다는 소문이 무림에 파다하게 퍼졌다.

삼백여 년 전 고금제일인 천신권도 탈출하지 못한 천불갱에서 도무탄이 탈출했다는 소문에 무림이, 아니, 천하가 발칵 뒤집혔다.

그런데 누가 도무탄을 구한 것이 아니라 그 혼자서 탈출했다고 한다.

진실하고는 다른 소문이 어떻게 퍼지게 됐는지는 아무도 모른다.

어쨌든 도무탄은 소림사 천불갱에서 탈출했으며, 그래서 그를 지지하는 수많은 사람의 예언이 실현되었다.

도무탄이 등룡이 되어 바야흐로 천하오룡(天下五龍) 체제가 된 것이다.

*   *   *

촤아아!

낙양에 본거지를 두고 있는 무진양행 소속의 상선 한 척이 낙수를 타고 하류로 내려가서 황하에 들어섰다.

높이 오 장에 길이가 이십여 장에 이르는 엄청난 규모의 거선인데 갑판 앞뒤에 상자와 갖가지 꾸러미 등 짐이 가득 실려 있다.

갑판 아래에는 선창이 삼 층에 걸쳐서 꾸며져 있으며, 커다 란 방이 사십여 개나 된다.

한데 갑판에 실려 있는 짐은 위장이고 이 상선의 실제 목적 은 선창 일 층에 타고 있는 사람들을 북경성까지 태우고 가는 것이었다.

선창 일 층의 한 방에 도무탄과 독고지연이 탁자 앞에 나란 히 앉아서 차를 마시고 있고 소진이 시중을 들고 있으며 궁효 는 보고를 하고 있다.

"현재 소림사가 거의 턱밑까지 추적했다고 합니다. 무진양 행 소행이라는 것을 알아내는 데 빠르면 이틀쯤 걸릴 것 같다 고 합니다."

"백 방주가 그러더냐?"

해룡방 외상단의 백선인을 말하는 것이다.

"그렇습니다."

도무탄이 소림사의 식량을 씨를 말리기 시작한 지 벌써 한 달이 다 되어간다.

보고에 의하면 소림사가 굶지 않으려고 벌이는 노력은 사 투에 가깝고 눈물겨울 정도라고 알려졌다.

소림사는 거의 모든 제자를 하산시켜서 삼삼오오 짝을 지어 각지로 보내 개별적으로 곡식을 구해 오도록 하는 궁여지책을 쓰고 있었다.

소규모 장사를 하는 곡상이나 아니면 백성들 집을 찾아가서 비축분의 곡식을 사거나 얻는 방법이다.

어이없게도 그것 말고는 방법이 전무했다. 하남성 전역의 웬만한 곡상은 창고가 텅텅 비었으므로 대규모로 곡식을 구하려면 하남성 밖에서나 가능했다.

하지만 오백 리가 넘는 먼 곳에서 소림사까지 수레로 곡식을 실어 오려면 족히 몇 달은 걸릴 터이다. 곡식이 당도하기도 전에 소림사 제자들은 모두 굶어 죽을 판국이니 기다릴 수가 없었다.

그래서 소림 제자들이 숭산 인근에서 구걸하다시피 푼푼이 구해 온 곡식으로 죽을 쑤어서 다 같이 근근이 연명했다.

소림사 장문인과 소림사로를 비롯하여 소림 제자 백여 명을 죽인 해룡방주 무진장 도무탄이 감금되어 있던 천불갱에서 탈출했다는 대사건에 이어서 소림사 전 제자가 쫄쫄 굶고 있다는 소문이 일파만파로 퍼지니 무림의 태산북두라고 자처하는 대소림사의 체면과 명성이 땅에 떨어진 것은 두말할 나위가 없다.

그러면서도 한편으로는 소림사 원로들과 일대제자들은 소

림사를 아사시키려는 음모를 파헤치는 일에 전념했다.

그들은 가장 가까운 등봉현을 시작으로 곡상들을 일일이 찾아다니면서 대체 누가 그 많은 곡식을 사들였는지 추적하기 시작했다.

비가 오면 홍수가 나고, 씨가 땅에 떨어지면 싹이 트는 법. 세상만사 모든 일에는 원인과 결과가 있다.

누군가 곡식을 대거 사들인 행위는 원인이며, 소림사가 굶고 있는 것은 결과이다.

그러므로 파헤치려고 들면 원인을, 즉 곡식을 사들인 자를 밝혀내는 일은 불가능하지만은 않는 일이다.

더구나 소림사는 도무탄이 주동자라는 것을 이미 알고 있다. 그가 자신의 입으로 실토했기 때문이다. 그렇다면 도무탄의 명령을 받은 수하들, 즉 해룡방이 암중에 곡식을 사들였을 것이라는 얘기다.

그러니까 소림사는 곡식을 사들인 자가 해룡방이라는 사실을 알고서 범인을 색출하고 있는 것이다.

궁효의 보고에 의하면 그런 식으로 소림사가 이미 무진양행의 턱밑까지 숨통을 조여오고 있다는 것이다.

"어쩌죠?"

독고지연은 소진이 따라준 차를 마시다 말고 걱정스런 표정으로 도무탄을 바라보았다.

"상관없다."

그런데 뜻밖에도 도무탄은 태연한 얼굴이다.

"상관이 없다는 말씀은……."

궁효는 어리둥절해서 조심스럽게 물었다.

"무진양행이 뭐 하는 곳이냐?"

"상단입니다만……."

"장사꾼이지."

"그… 렇습니다."

도무탄은 빈 찻잔을 소진에게 내밀었다.

"장사꾼이 하는 일은 물건을 사들여서 파는 것이다."

독고지연은 도무탄이 무슨 생각을 하는지 벌써 알아차리고는 적잖이 감탄하고 있으며, 궁효는 알 듯 모를 듯한 표정이다.

"무진양행은 해룡방하고는 일체 관계가 없는 독립된 상단으로서 순전히 장사를 하기 위해서 하남성 일대의 곡식을 사들인 것이다."

"아……."

"사들인 곡식은 어떻게 했느냐?"

"다른 지역으로 갖고 가서 모두 처분했습니다."

"손해를 봤느냐?"

"어느 정도는……."

"됐다."

궁효는 똥 누고 닦지 않은 듯한 표정을 지었다.

"그럼 백 방주에겐 뭐라고 전할까요?"

"정공법(正攻法)으로 간다."

"알겠습니다."

궁효는 허리를 넙죽 굽혔다. 정공법이란 정면으로 돌파하는 것, 즉 꼼수를 쓰지 않는다는 뜻이다. 그 말을 듣고서야 궁효도 머리가 밝아졌다.

모든 것을 밝혀낸 소림사가 이틀쯤 후에 무진양행에 들이닥쳐서 소림사를 아사시키려고 했다면서 도무탄을 내놓으라고 으름장을 놓는다면 무진양행은 우리는 전혀 모르는 일이라고 딱 잡아떼며 모르쇠로 나가는 방법이다.

우리는 장사를 하려고 곡식을 사들였고, 또한 그것을 타 지역에 팔았는데 그게 무슨 잘못이냐고 외려 큰소리 떵떵 치는 것이다.

한매선이 낙양성의 고관대작들과 막강한 실력자들을 이미 다 포섭해 두었으니 그들이 어느 정도 힘이 되어줄 것이다.

장사꾼의 본업은 이것저것 물건들을 사서 파는 것이고, 무진양행이 이 지역의 곡식을 몽땅 사서 판 것 때문에 소림사가 굶게 된 것은 안된 일이지만 그런 것까지 일일이 신경 쓰고 또 책임까지 지면서 장사를 할 수는 없는 일 아니냐고 오히려 큰소리 떵떵 치는 것이다.

무진양행이 그렇게까지 나오는데 소림사가 그것을 갖고 왈가왈부하는 것은 스스로 우스운 꼴을 자처하는 일이다.

소림사는 무진양행이 도무탄의 수하라는 사실을 짐작할 테지만 무진양행이 그렇게 나오면 대처할 방법이 없다.

더구나 소림사는 도무탄의 일로 세인의 주목을 받고 있는 판국에 무진양행을 괴롭혔다가는 제아무리 소림사라고 해도 천하의 뭇매를 고스란히 맞게 될 터이다.

백선인과 궁효 등이 골머리를 싸매고 전전긍긍하던 난제를 도무탄은 아무렇지도 않게 해결해 버렸다.

궁효는 백선인에게 전서구를 날리러 나가면서 도무탄에게 슬쩍 전음을 보냈다.

[대형, 그 물건은 소화랑에게 맡겨두었습니다.]

도무탄은 듣지 못한 듯 태연하게 차를 마셨다.

"오라버니, 차 더 드려요?"

"아니다."

슥—

소진이 차 주전자를 내밀자 도무탄은 손을 젓고는 자리에서 일어섰다.

"수련실에 가야겠다."

독고지연이 따라 일어서서 문으로 걸어가는 그의 옆에 찰싹 달라붙으며 그의 팔을 가슴에 안았다.

"밤새울 거예요?"

"아니다."

"그럼 기다릴게요."

독고지연은 눈을 치뜨고 매혹적인 표정으로 속삭이면서 손을 뻗어 그의 음경을 살짝 잡았다.

"너무 무리하지 말아요."

도무탄은 빙그레 미소 지었다.

"진아가 보겠다."

"뒤에서는 안 보여요. 그렇지만 소녀는 어린아이가 아니에요. 알 건 다 안다고요."

도무탄과 독고지연이 돌아보자 소진은 혀를 내밀었다.

"하하하! 네가 뭘 안다는 것이냐?"

도무탄이 웃으며 묻자 소진은 금세 시무룩해졌다.

"사실은 몰라요."

도무탄은 소진의 얼굴이 푸석푸석하고 초췌하다는 것을 이제야 발견했다.

"진아, 너 얼굴이 왜 그러냐? 어디 아픈 게냐?"

소진은 얼굴을 찡그렸다.

"잠을 못 자서요."

"네가 잠을 왜 못 자?"

도무탄은 그렇게 물었으나 곧 답을 찾았다. 도무탄이 소림사에 들어간 후 거의 식음을 전폐하다시피 했고, 게다가 예전 소진은 늘 도무탄과 함께 잤는데 요즘은 그가 신혼이라서 독고지연과 단둘이 자기 때문에 그녀가 끼어들 여지가 없었다.

그래서 혼자 자면서 밤새 뒤척이느라 수면 부족에 입맛까지 잃어서 수척해진 것이다.

소진이 그를 흘겨보았다.

"오라버니는 연 언니하고만 자고……."

"하하하!"

독고지연은 도무탄의 웃음소리에 불길한 생각이 스쳤다. 그가 소진더러 함께 자자고 허락할 것 같아서 급히 그의 등을 떠밀어 문밖으로 내쫓았다.

"어서 가세요."

"너는 뭘 할 거냐?"

"천첩도 요즘은 진아에게 심법과 기초적인 무술을 가르치느라 꽤 바쁘다고요."

독고지연은 말을 마치자마자 냉큼 문을 닫아버렸다.

第四十八章

나는 행운아

등롱기

도무탄은 소화랑에게서 궁효가 갖다 놓은 물건을 받아 선창 아래, 즉 이 층으로 내려갔다.

그는 사실 지난 며칠 동안 독고은한을 거의 보지 못했다. 그녀는 다 함께 식사를 할 때에도 모습을 드러내지 않아서 마치 없는 사람 같았다.

도무탄은 소연풍에 의해서 소림사 천불갱에서 탈출한 날 우연치 않게 독고은한과 정사를 했다.

아니, 그것은 우연치 않은 것이 아니라 어쩌면 이미 그녀를 만나는 순간부터 그렇게 되도록 정해져 있는 일이었는지도 모른다. 필연적이든 뭐든 그런 것 말이다.

그녀는 자신이 순결의 증표인 앵혈로 붉게 젖은 이불을 둘둘 말아서 총총히 사라지고는 이후로 나흘 동안 도무탄 앞에 나타나지 않았다.

이 배에 함께 타고 있는 것은 분명한데 볼 수가 없으니 도무탄으로서는 마음이 여간 심란하지가 않다.

아마도 그녀는 그때의 일을 후회하고 있는 듯했다. 그러니까 도무탄 앞에 나타나지 않는 것이라고 그는 막연하게 추측하고 있다.

한없이 여린 그녀가 어느 구석에 웅크린 채 후회와 자책으로 울고 있을 것이라고 생각하자 도무탄은 마음이 편하지가 않았다.

그렇지만 그는 자신이 저지른 일을 후회하지 않았다. 이제와서 후회를 한다고 해도 소용없기 때문이다. 그는 지금까지 살아오면서 후회 같은 것은 하지 않았다.

될 수 있으면 후회할 일을 미리 피했으며, 그런 일을 저질렀을 때에는 후회하기보다는 그 일을 원만하게 수습하려고 애쓰는 편이다.

지금도 비슷한 상황이다. 기왕지사 저질러진 일이고 쏟아진 물을 주워 담을 수 없듯이 독고은한을 잘 다독거리고 기회를 봐서 독고지연에게 이 일을 설명하고 그녀의 처분을 따를 터이다.

독고지연이 그를 나무라기는 하더라도 모질게 굴지는 않을 것이라는 게 그의 생각이다.

무진양행의 상선이 북경성을 향해 낙양 하남포구를 출발한 지 오늘로 사흘째다.

그동안 도무탄은 하루에 다섯 시진 이상 이곳 선창 이 층에 마련한 수련실에서 권혼심결에 매진했다.

북경성까지는 한 달쯤 걸린다고 하니 그동안 꾸준히 무공 연마를 할 계획이다.

겨우 한 달 연마하는 게 무슨 소용 있겠느냐고 할 수도 있지만 가랑비에 옷 젖는 법이다.

그가 최고로 관심을 갖는 것은 권혼신강이지만 발작을 일으킬까 봐 이곳에서는 한 번도 끌어 올리지 못했다.

그 대신 권혼신강을 일으키는 심법인 권혼강공법에 대해서 연구했다.

그러다가 그는 권혼강공법에서 권혼신강을 일으키는 구결하고는 전혀 상관이 없는 따로 독립된 소구결(小口訣) 하나를 발견하는 데 성공했다.

그래서 소구결을 빼고 조심스럽게 권혼강공법을 운공했더니 뜻밖의 결과가 나타났다.

권혼신강을 끌어 올릴 수는 있는데 뭔가 크게 허전하고 부족했다. 창을 만들었는데 정작 중요한 창날이 없는 듯한 그런 느낌이다.

원래 권혼신강을 끌어 올리면 온몸이 당장에라도 폭발할 듯이 팽팽해져서 주체하지 못할 정도가 되어 정신을 잃어버린다.

그런데 소구결을 빼고 만들어진 권혼신강은 정신은 말짱하고 그가 마음먹은 대로 초식을 전개할 수 있는 반면 폭발적인 위력이 없었다.

권풍인 권신탄보다 한 단계 강력한 정도의 권혼신강일 뿐이다.

'도대체 소구결이 뭐란 말인가?'

열쇠는 소구결에 있는 것이 분명했다. 권혼강공법에서 소구결이 차지하는 비중이 크다는 뜻이다. 소구결이 권혼신강을 완성하는 열쇠이기도 하지만, 또한 정신을 잃게 만드는 원인이기도 한 것 같았다.

하지만 도무탄은 소구결만을 뚝 떼어서 따로 운공하는 것이 은근히 두려웠다.

깊은 산속도 아닌 이런 배 안에서 정신을 잃고 미친 듯이 살인을 저지르게 될까 봐 두려웠다.

이 배에는 그에게 소중한 사람들만 타고 있는데 자칫 권혼신강을 끌어 올렸다가 그들을 죽이기라도 한다면 그게 대체 무슨 말도 되지 않는 일이겠는가.

만약 소연풍이 있다면 한번 시도해 볼 만하다. 이런 밀폐된 공간에서 그가 권혼신강을 끌어 올리면 소연풍이 충분히 감당할 수 있을 테니까 말이다. 그리고 그에게 도움을 청할 수도 있다.

하지만 그는 도무탄을 구해주고 나서 동이 트자마자 바쁜 일이 있다면서 작별을 고했다.

그래서 도무탄은 권혼강공법 소구결은 일단 접어두고 권혼심결의 다른 무공을 하나씩 독파해 나갔다.

권혼심결에는 모두 세 개의 초식이 들어 있으며, 그중 일초식은 그가 상시 운공조식을 하고 있는 가장 기초적인 권혼심법이다.

이초식 천신권격에는 네 개의 변화가 담겨 있고, 그중에서 제일변 천쇄, 제이변 신절, 제삼변 권풍 권신탄까지는 터득했다.

아니, 정확하게 말하자면 제일변 천쇄에 들어 있는 네 개의 작은 변화, 즉 세분 중에 첫 번째인 극쾌의 중간 단계밖에는 터득하지 못했다.

그런데 지난 사흘 동안 천쇄에 매진한 결과 극쾌를 비롯한 나머지 세 개의 세분 초환, 무영, 강인까지 모두 터득할 수 있게 되었다.

예전에는 그토록 애를 써도 터득하기 어려웠는데 지금은 몇 번 시도하다가 곧바로 성공했다.

그 이유는 아마도 그가 예전에 비해서 권혼심결에 대한 이해도가 무척 깊어지고 또 실전 경험이 다소 많아졌기 때문일 것이다.

예전에는 그저 이론적으로만 주먹구구식으로 그것들을 이해하고 또 성공시키려고 애썼으나, 지금은 머릿속으로 실전이라고 가상하고 전개하니 어렵지 않게 성공한 것 같았다.

더구나 소림사 천불갱에 거꾸로 매달려서 죽음의 문턱, 아니, 아예 죽었다가 살아났다고 해도 과언이 아닐 정도로 극심한 고초를 겪은 터라 그 어느 때보다도 권혼심결을 완성하려는 각오가 절실했기에 가능한 일이었다.

또 하나의 요인으로 치자면 권혼심결에서 가장 난해한 삼초식 권혼강공법을 소구결 하나만 빼고 다 이해한 것이 도움이 된 것 같았다.

그 덕분에 이초식 천신권격 내의 제일변 천쇄 네 개의 세분과 제이변 금나수법 신절의 요단, 조탁 등 다섯 개의 수법, 제삼변 권풍 권신탄, 그리고 마지막 제사변의 격광까지 터득하는 것이 그다지 어렵게 여겨지지 않은 것 같았다.

도무탄은 이초식 천신권격의 전체 변화를 두 시진 정도 맹연습을 한 이후 지친 몸을 다스리기 위해서 운공조식에 들어갔다.

일초식 권혼심법으로 상시 운공조식을 하게 놔둔 상태에서 삼초식 권혼강공법의 소구결을 제외한 심법을 운공조식하는 방법을 개발한 것도 또 하나의 소득이다.

권혼심법으로 상시 운공조식하는 것이 배에 돛을 펼치고 항해하는 것이라면, 권혼강공법은 거기에다 힘차게 노를 저어 보태는 것이라고 비유할 수 있다.

"후우······."

이윽고 그는 연이어 세 차례의 권혼강공법 운공조식을 마치고 길게 숨을 내쉬면서 천천히 눈을 떴다.

내일부터는 새로 터득한 수법들에 대해서 집중적으로 손에 익도록 연마할 계획이다.

천신권격 제일변 천쇄의 네 가지 세분 극쾌, 초환, 무영, 강인, 그리고 제이변 금나수법인 신절의 다섯 가지 수법, 마지막으로는 제사변 격광이다.

특히 제사변 격광을 중점적으로 연마해야 한다. 몇 차례 어설프게 전개해 보니 이건 빛 그 자체이다.

격광은 하나의 독립된 수법으로 권혼력을 발출하여 전개할 수 있지만, 격광을 도구로 삼아서 천쇄나 신절, 권신탄을 실어서 전개하면 지독하게 빨라서 아무도 피하거나 막아내지 못할 것 같았다.

천쇄나 신절, 권신탄을 그대로 사용해도 되지만 격광을 이용해서 전개하면 두 배 이상 빨라지니 위력은 서너 배로 고강해질 것이다.

지금 상황에서는 권혼신강을 굳게 봉인해 두는 편이 좋을 것 같았다. 자신이 무엇을 했는지도 알지 못하는 무공은 그것이 제아무리 지상 최고의 절학이라고 해도 그다지 사용하고 싶지 않은 기분이다.

그는 한 번 더 권혼강공법을 운공조식하려다가 문 안쪽에 독고은한이 다소곳이 서서 이쪽을 바라보고 있는 것을 발견하고는 적잖이 놀랐다.

"한아."

그가 부르는데도 독고은한은 그 자리에 서서 눈물이 그렁그렁 고인 눈으로 그를 바라보고만 있다. 원망이나 미움이 담긴 눈빛이 아니라 그리움과 애잔함, 그리고 애정이 담겨 있다.

독고은한은 도무탄보다 한 살 많은 스물한 살이다. 하지만 실제로는 많이 어려 보여서 독고지연의 동생이라고 해도 믿을 정도이다.

그는 지금껏 그녀가 연상의 여자라는 생각은 한 번도 해본 적이 없다.

더구나 자신의 여자가 된 여자라면 더욱 그렇다. 그런 점에서는 그녀도 같은 생각일 것이다.

도무탄은 나흘 내내 모습을 보이지 않던 그녀가 이곳에 나타난 이유가 궁금했으나 다가가지 않았다. 그러면 그녀가 도망칠 것만 같았다. 대신 그는 두 팔을 벌려 보이면서 온화한 미소를 지었다.

"한아. 많이 보고 싶었다. 이리 와라."

"흐흑……."

그러자 그녀가 낮게 울면서 한 마리 나비처럼 팔랑거리며 달려오더니 가부좌로 앉아 있는 그의 허벅지에 마주 보고 앉으며 와락 품에 안겼다.

도무탄은 지난 나흘 동안 많이 괴로웠을 그녀를 가슴에 깊이 힘주어 끌어안았고, 그녀는 몸을 한껏 옹송그리며 더욱 그의 품속으로 파고들었다.

그녀는 두 팔로 그의 등을 꼭 안아 그의 가슴에 얼굴을 묻고는 한동안 나직하게 흐느끼기만 했다.

도무탄은 그녀의 속마음을 모르기 때문에 괜히 먼저 말을 꺼냈다가 그녀 마음에 상처를 줄 수 있으므로 묵묵히 등을 쓰다듬어 주기만 했다.

그녀가 두 다리를 넓게 벌린 자세로 그와 마주 앉아 안긴 모습은 마치 어린 딸이 아버지에게 안겨서 응석을 부리는 모습을 연상하게 했다.

"소녀를 파렴치하다고 생각하죠?"

이윽고 그녀의 흐느낌이 잦아들더니 그의 가슴에 뜨거운 입김을 뿜으면서 속삭였다.

"어째서 네가 파렴치하다는 거지?"

"동생의 남자를⋯⋯."

"그렇다면 아내의 언니와 통정(通情)한 나도 파렴치한 인간이다."

그가 말을 뚝 자르자 그녀는 가만히 있더니 그의 등을 더욱 힘주어 안으며 가슴을 밀착했다.

"그런 말 하지 말아요. 당신은 파렴치하지 않아요. 소녀가 당신을 유혹했잖아요."

그녀가 먼저 사랑한다고 고백했기 때문에 그런 일이 벌어졌다고 말하는 것이다.

즉, 그녀가 고백하지 않았으면 그런 일이 없었을 테니 자신의 죄라는 뜻이다.

"아니다."

도무탄은 그녀의 괴로움을 덜어주고 싶었다.

"사실 나는 처음 너를 만난 순간부터 욕정이 생겨서 너를 갖고 싶었다."

그는 독고은한의 작고 가녀린 몸이 움찔 경직되는 것을 느끼며 말을 이었다.

"너를 쳐다보는 내 눈빛이 음탕했던 것을 발견하지 못했느냐? 나는 너를 보면서 항상 그 옷 속에 감춰져 있는 싱싱한 몸을 상상했다."

"그만. 그런 말 하지 말아요."

그녀는 가슴에서 상체를 떼고 그를 올려다보며 눈물을 흘리면서 괴로운 표정을 지었다. 그가 왜 그런 말을 하는지 알기 때문이다.

"정말이다. 나는 너만 보면 욕정이 솟구친다. 나흘 전에 네가 고백하지 않았다면 나는 너를 강제로 취했을 것이다."

슥—

그는 자신의 말을 증명하려는 듯 그녀의 양쪽 허리를 잡고 일으켜 세웠다.

그리고는 자신은 앉은 상태에서 손을 뻗어 그녀 바지의 비단 끈을 풀고 바지를 내렸다.

"아……."

두 다리를 벌리고 있기 때문에 바지는 그녀의 무릎에 걸려 더 이상 내려가지 않았다.

그녀는 깜짝 놀라며 속곳만을 입고 있는 소중한 부위를 급히 손으로 가렸다.

"손 치워라."

도무탄이 정색하며 나직하게 말하자 그녀는 화들짝 놀라며 급히 손을 치웠다. 몹시 부끄러웠으나 도무탄의 명령을 거역하지 못했다.

그녀는 아무에게나 순종적이지 않았다. 그는 그녀가 사랑하는 남자이고 그녀가 순결을 바친 남자이니 무조건 복종해야 한다고 알고 있다.

툭.

도무탄이 아기 손바닥 크기의 작은 속곳을 슬쩍 아래로 잡아당기자 끈이 풀리며 보통 여자보다 훨씬 더 검고 무성한 숲에 가려진 은밀한 부위가 고스란히 드러났다.

"아⋯⋯."

독고은한은 몸을 바르르 떨며 도무탄이 가부좌로 앉은 양쪽 허벅지 바깥쪽으로 벌린 두 다리는 그대로 놔둔 채 무릎 위쪽만 오므리려고 애를 썼다.

그렇지만 손으로 가리려고 하지는 않았다. 손을 치우라고 그가 명령했기 때문이다.

"다리 힘 빼라."

두 번째 명령에 그녀는 다리를 벌린 자세에서 무릎 위를 오므리려던 행동을 그만두었다.

그녀는 도무탄이 자신의 은밀한 부위를 뚫어지게 주시하

는 것을 굽어보며 심장이 오그라드는 느낌을 받았다.

척—

그런데 그때 그가 두 손을 뻗어 그녀의 둔부를 붙잡더니 앞으로 당겨 그곳에 얼굴을 묻었다.

"아앗!"

수련실 안에 독고은한의 나직한 외침이 잔잔하게 울려 퍼졌다.

두 사람은 아랫도리만 벗은 상태로 독고은한이 그의 허벅지에 마주 보고 걸터앉은 자세를 취하고 있다.

"헉헉헉······!"

"하아악! 하아아······."

이들은 이 자세로 방금 한바탕 격렬한 정사를 끝냈다. 두 사람은 땀범벅인 채로 서로를 부둥켜안고 있다.

"헉헉! 이제 알겠느냐? 나는 너만 보면 이 짓이 하고 싶어서 견딜 수가 없다."

"네······."

독고은한은 그의 어설픈 거짓말을 믿지 않았지만 그의 진심을 알기에 공손히 대답했다.

"지금 내가 올라가서 연아에게 우리의 관계를 솔직하게 밝히겠다."

"아, 안 돼요."

그녀가 화들짝 놀랐다.

"왜 안 된다는 것이냐?"

"제발 부탁이에요. 연아에겐 비밀로 해주세요. 언젠가 때가 되면 소녀가… 천첩이 직접 말하겠어요."

도무탄은 가만히 있다가 이윽고 입을 열었다.

"알겠다."

그는 그녀의 둔부를 부드럽게 쓰다듬었다.

"아팠느냐?"

"조금요."

"한 번 더 해도 괜찮겠느냐?"

"……."

그녀는 부끄러워하며 대답하지 못했다.

슥—

그러나 도무탄은 그녀를 그대로 바닥에 눕히고 그 위에 몸을 실었다.

그녀가 말로 대답하지 않았다 뿐이지 음경을 살짝 조였기 때문에 그것을 대답으로 해석했다.

"자, 이건 한아 네 것이다."

도무탄은 궁효에게서 받아서 수련실로 갖고 내려온 물건

을 독고은한에게 내밀었다.

그것은 호두나무로 만든 석 자 반 길이의 길쭉한 상자였다.

바지를 입고 그의 앞에 마주 보고 앉은 그녀는 의아한 표정
을 지었다.

"이게 뭔가요?"

"열어봐."

척—

그녀는 그 안에 무엇이 들었는지 추호도 짐작하지 못하는
표정으로 상자의 뚜껑을 열었다.

"아……."

그리고는 상자 안에 한 자루 붉은색의 검이 들어 있는 것을
발견하고는 놀라서 눈을 동그랗게 뜨고 도무탄을 바라보았
다.

"이것은……."

도무탄은 빙그레 미소를 지었다.

"유성검(流星劍)이야."

"……."

독고은한은 너무나 놀라서 방금 전보다 눈이 더 커지고 아
무 말도 하지 못했다.

도무탄은 예전에 무공을 배울 생각은 하지 않았지만 그 대
신 신기한 물건이나 영물, 영약에 관심이 많아서 눈에 띄는

대로, 그리고 새로운 물건에 대한 정보만 생기면 가리지 않고 사들였다.

그러면서 그가 한 것은 철저하게 진위를 가려서 진품만을 구입했다는 사실이다.

넘쳐나는 것이 돈이었으므로 얼마가 들더라도 한 번 점찍은 물건은 반드시 손에 넣고야 말았다. 그야말로 부자만이 할 수 있는 배부른 취미였다.

최초로 우연히 구하게 된 무기는 현재 소연풍이 지니고 있는 칠성검이었다.

그 후로도 기회만 되면 신병이기들을 사들였다. 그러면서 천하에 흩어져 있는 신병이기들을 힘자라는 데까지 구해보자고 마음먹었다.

황당하고 막연한 목표이기도 하지만 그 당시 그는 해룡방의 일을 방주들에게 다 맡겨놓은 상태라서 그 자신은 별달리 할 일이 없었다.

그런 식으로 이 년이 흘러서 그가 구한 신병이기는 수십 자루가 됐으며 그 속에 천하십대기병이라는 것도 끼어 있었다. 그리고 돈은 은자로 칠억 냥 정도 들었다.

칠억 냥이면 그 당시 그의 재산으로 치면 삼 할에 달하는 거액이었다.

하지만 이후 해룡방의 장사는 폭발적으로 잘돼서 그 돈을 다시 채우는 데 채 반년도 걸리지 않았다.

물론 지금의 해룡방은 은자 칠억 냥을 벌자면 두어 달이면 가능할 것이다. 그 당시에 비해서 해룡방의 덩치가 두 배 이상 커졌기 때문이다.

물론 지금 그가 독고은한에게 준 유성검도 천하십대기병 중 하나이다.

그는 천하십대기병을 자신의 최측근과 친구에게 주었으며, 앞으로 좋은 사람을 만나면 나머지 두 자루도 아낌없이 줄 생각이다.

제아무리 천하십대기병이라고 해도 그런 쇠붙이로 만든 무기는 생명을 갖고 있지 않다.

그것으로 좋은 사람들을 얻을 수 있다면 그것이야말로 최고의 남는 장사라고 그는 생각해 왔다.

말하자면 그것은 수준 높은 낚시질이라고 할 수 있었다. 지금 그가 유성검을 독고은한에게 선물하면 그녀를 완전히 자신의 여자로 만들 수가 있을 터이다.

그의 심중에 그런 나쁜 저의는 깔려 있지 않지만 현실이 그렇다는 뜻이다.

그리고 지금까지 천하십대기병 중에서 일곱 자루를 받은 일곱 명은 그에게 없어서는 안 될 소중한 친구나 아내, 측근이 되어주었다.

"이 검에 공력을 실어 휘두르면 적유성(赤流星)이 쏟아진다
는 전설의 유성검……."

독고은한은 정신이 반쯤 나간 듯한 얼굴로 유성검을 쓰다
듬으며 중얼거렸다.

"나도 그렇게 알고 있다. 한번 뽑아봐라."

"네?"

도무탄의 말에 그녀는 화들짝 놀랐다.

"뽑아서 휘둘러 봐라. 정말 적유성이 쏟아지는지 어디 한
번 보자."

"나, 나중에요. 지금은 심장이 너무 떨려서……."

그녀는 유성검을 받쳐 든 두 팔을 바들바들 떨면서 어쩔 줄
을 모르다가 눈물을 글썽이며 그를 바라보았다.

"고마워요. 뭐라고 말을 해야 할지……."

"이런 것 천 개를 준다고 해도 내가 널 사랑하는 마음의 천
분지 일도 표현하지 못할 것이다."

"흑……."

어린 그녀는 감격하여 또 울음을 터뜨릴 기세다.

슥—

그녀는 유성검을 놓고 일어나더니 옷매무새와 머리카락을
가다듬고 나서 갑자기 그에게 큰절을 올렸다.

"천첩 독고은한, 지금 이 순간부터 탄 랑을 지아비로 섬기

어 당신이 한 말씀에 목숨을 바치겠나이다."

빙그레 미소 짓던 도무탄은 그녀의 말에 가슴이 뭉클하여 손을 뻗어 그녀를 부드럽게 품에 안았다.

"너처럼 훌륭한 여자를 얻다니 나는 행운아다."

지금 이 순간의 독고은한은 자신이 한 방울의 물이 되어 그의 몸속으로 스며들었으면 좋겠다고 생각했다.

"여보, 사랑해요."

第四十九章

나의 절대자

등롱기

낙양성 하남포구를 출발한 상선은 나흘째 밤을 맞이하여 개봉을 삼십여 리 남겨둔 황하 가장자리에 닻을 내렸다.

선창 일 층의 식당에서는 도무탄을 비롯한 그의 측근들이 다 모여서 식사를 겸하여 술을 마시고 있었다.

이 배의 주방에는 보화와 그녀가 낙양성 염저루에서 직접 선발하여 데려온 세 명의 여자 숙수(熟手)가 요리를 담당하고 있었다.

오늘 밤은 좀 특별한 날로 궁효와 보화를 정식으로 혼인시키는 날이다.

궁효는 이미 오래전부터 보화를 연모해 왔으며, 보화도 지금쯤은 죽은 전남편의 상처를 어느 정도 잊고 궁효를 받아들일 마음의 준비가 된 듯하여 도무탄이 서둘러 혼인식을 주선했다.

보화는 오늘 밤 자신이 신부인데도 불구하고 세 명의 숙수에게 주방을 맡겨놓은 것이 못내 불안하여 예쁘게 신부복을 차려입고 화장을 한 모습으로 쉴 새 없이 주방을 드나들며 참견을 했다.

워낙 철두철미한 성격의 그녀라서 신부가 자신의 잔치에 쓸 요리를 직접 만드는 전례가 없는 진풍경이 벌어지고 있는 것이다.

"제수씨, 그만하고 이리 오시오."

"어머?"

도무탄이 부르자 주방에서 양손에 요리 그릇을 갖고 나오던 보화는 화들짝 놀라며 허둥지둥 달려왔다.

도무탄은 물론이고 멋지게 차려입은 신랑 궁효와 하객인 측근이 모두 도열해 있는 것을 발견한 것이다.

급한 나머지 요리 그릇을 들고 달려오다가 국물이 넘쳐서 예쁜 옷에 마구 튀었다.

"이리 주세요, 언니."

보다 못한 소진이 쪼르르 다가와서 요리 그릇을 받아 들었다.

도무탄이 혼주(婚主)가 되고 측근들이 신랑 신부의 가족이 되어 치른 혼인식은 조촐하지만 뜻 깊었다.

혼인식 도중에 보화가 갑자기 울음을 터뜨려서 궁효를 애먹인 것 말고는 순조롭게 치러졌다. 보화는 아마도 죽은 전남편 막태가 생각나서 울었을 것이다.

이런 상황이라면 어느 여자든 울지 않겠는가. 하지만 그녀를 욕하는 사람은 아무도 없었다.

간단한 혼인식이 끝난 후 사람들은 길게 붙인 탁자에 빙 둘러앉았다.

상석에는 당연히 도무탄이 앉았고 그의 왼쪽에 독고지연과 독고은한 자매가 나란히 앉았다.

독고은한은 이 배가 출항한 이후 처음으로 공식적인 자리에 나온 터라서 몹시 어색한 모습이지만 독고지연이 잘 다독거렸다.

도무탄 오른쪽에는 한껏 우아하게 차려입은 한매선이, 그리고 그녀 옆에는 독고기상이 앉았다.

해룡방 기상단의 기방주인 한매선은 북경성의 상권을 개척하기 위해서 도무탄을 따라나선 길이다.

낙양성에는 염저루를 시작으로 세 개째 기루를 열었으며, 한매선이 태원성에서 데리고 온 측근들에게 각 기루의 루주 자리를 맡겼으므로 염려할 게 없었다.

한매선이 직접 손을 대면 일반 시시한 기루 따위하곤 비교할 수가 없게 된다.

그녀가 낙양성에 개업한 염저루를 비롯한 세 개의 기루는 각각 규모가 보통 기루에 비해서 최소한 다섯 배 이상 크며, 그것들이 영업을 시작하면서 주위의 기루들은 죄다 파리를 날리게 되었다.

기루 하나의 평균 하루 순수익이 최소 은자 백만 냥이라면 그 규모를 쉽게 짐작할 수 있을 터이다.

하나의 기루가 한 달 순수익이 은자 삼천만 냥이고 세 개를 합치면 거의 일억 냥에 육박한다.

낙양성에 진출하여 백여 개의 점포를 개업한 해룡방 내상단의 낙양성에서의 한 달 순수익이 은자로 일억 오천만 냥쯤 된다고 하니 한매선이 개업한 기루 세 개의 위력이 어느 정도인지 짐작할 수 있을 터이다.

한매선은 앞으로 낙양성에 총 다섯 개의 기루와 다섯 개의 주루를 내서 한 달 총 순수익을 은자 사억 냥 정도로 계획하고 있다.

도무탄이 북경성에 간다는 말을 듣고 그녀는 두말 않고 따라나섰다.

그녀에겐 이미 북경성의 어디에 어떤 식의 기루나 주루를 내면 먹힐 것이라는 청사진이 다 짜여 있다. 그녀의 관심사는 무조건 기루이고 주루는 부업이다.

천하 어디를 가더라도 술장사라는 것은 다 오십 보 백 보, 거기에서 거기이다.

다만 그 지역의 특성을 정확하게 파악하고 그 지역을 쥐락펴락하는 강력한 세력가들을 확보하여 내 편으로 만들면 그것으로 성공은 거반 보장되는 셈이다.

한매선은 기루나 주루를 차리기 위해서 기반을 다지고 포섭하며 섭외하는 데 탁월한 능력을 지니고 있었다.

"이제 혼인을 했으니까 어디 한 군데 자리를 잡고 정착하는 게 좋겠다."

혼주로서 이 사람 저 사람에게서 축하주를 받아 마시고 이미 주흥이 도도해진 도무탄이 맞은편에 나란히 앉은 궁효와 보화를 보면서 미소를 지었다.

"태원이든 낙양이든, 그리고 앞으로 개척하게 될 북경도 괜찮다. 어디에 살고 싶은지 결정하면 그곳에 마땅한 지위와 살 집을 마련해 주겠다."

도무탄의 배려에 궁효와 보화는 기뻐하기는커녕 어두운 표정을 지었다.

"왜 그러느냐, 궁효?"

"소제는 대형 곁에 있고 싶습니다."

도무탄은 엷은 미소를 지었다.

"내가 예전처럼 태원성 천보궁 한 자리에 붙박여 있다면 그것도 가능한 일이지."

그는 고개를 절레절레 저었다.

"그렇지만 지금은 막천석지(幕天席地) 천하를 유랑하면서 동가식서가숙(東家食西家宿)하는 신세다. 그런 나를 따라다닌 다면 고생길이 훤해서 필경 제수씨가 나를 톡톡히 원망할 것이다."

"원망 안 해요."

"뭐라?"

보화가 용기를 내서 자신을 빤히 주시하며 말하자 도무탄은 의아한 표정을 지었다.

"저는 이 사람보다 더 대형 곁에 있고 싶어요."

"허어."

도무탄은 조금 전에 혼인식을 마친 신부의 입에서 그런 말이 나오자 어이없다는 표정을 지었다.

보화는 두 손을 모으고 간절한 표정으로 말했다.

"부탁이에요, 대형. 결혼 선물을 주실 거라면 저희를 대형 곁에 머물게 해주세요."

사실 보화가 혼인한 남자는 궁효지만 그녀가 더욱 신뢰하고 의지하는 사람은 도무탄이다.

그 사실을 궁효도 알고 있지만 기분이 나쁘지는 않다. 그게 사실이기 때문이다.

그 역시도 도무탄 측근에서 그를 보필하고 싶고 또 그러면서 그의 그늘에 머물고 싶다.

궁효까지 이마가 탁자에 닿을 정도로 고개를 숙이며 간곡하게 애원한다.

"부탁합니다, 대형."

"이거야······."

보화와 궁효가 쌍으로 고개를 조아리자 도무탄으로서는 어쩔 도리가 없었다.

"너희 마음대로 해라."

손을 저은 후 그는 보화에게 다짐을 두었다.

"제수씨, 힘들면 언제라도 말하시오."

보화는 비로소 얼굴을 풀고 환하게 미소 지었다.

"고마워요, 대형."

도무탄은 궁효 옆에 나란히 앉아 있는 해룡야사를 쳐다보며 노파심에 한마디 했다.

"야사, 제수씨가 궁효와 혼인했다고 해서 너희와 남이 되는 것은 아니다."

'야사' 란 막야와 막사를 싸잡아서 부르는 호칭이다. 예전에는 해룡야사에게 보화는 형수이며 올케였고, 궁효와 혼인을 하기 전까지만 해도 그 관계는 지속됐다.

그러나 이제는 보화가 피 한 방울 섞이지 않은 궁효와 혼인을 했으니 보화는 해룡야사하고 남남이 된 것이다. 그것을 염려하여 도무탄이 당부하고 있는 것이다.

"대형, 소제는 저 둘과 결의형제가 됐습니다."

궁효가 해룡야사를 가리키며 말했다.

"이제 저 둘은 소제의 형제이고 자매입니다."

"그러냐?"

도무탄은 환한 미소를 지었다.

막야가 이십이 세, 막사는 십구 세가 되었으니 이제 성인이라서 구태여 누군가의 보호가 필요하지 않고 그저 자기 팔 자기가 흔들면서 저 잘난 맛에 살면 된다.

그렇지만 형이며 큰오빠이던 막태의 빈자리는 크다. 사람이란 살아 있을 때보다 죽었거나 사라졌을 때 그 빈자리가 더 큰 법이다.

미물인 소도 언덕이 있어야 등을 비빈다고 하지 않던가. 하물며 사람이랴.

막말로 가족 같은 거 없이도 살 수는 있다. 하지만 푸근한 가족이 있으면 훨씬 더 좋다.

사람이 어떻게 밥만 먹고 살 수 있다는 말인가. 좋은 일은 같이 기뻐해 주고 슬픈 일은 함께 울어줄 그런 가족이 있어야 몸만이 아니라 마음까지 푸근한 것이다.

모두들 흥에 겨워서 큰 소리로 노래를 부르고 합창을 하면서 시끌벅적했다.

도무탄을 필두로 모두들 돌아가면서 노래를 부르고 탁자를 두드리면서 장단을 맞췄다.

오늘의 연회에서 하나의 큰 수확을 건졌는데 그건 독고은한이 귀가 번쩍 뜨일 정도로 노래를 잘한다는 사실이다.

그녀는 술이 꽤 취했는데도 불구하고 부끄러워하면서 한사코 노래를 부르지 않겠다고 몸을 사렸다.

그런데 그녀의 노래 솜씨가 일품이라는 독고지연의 귀띔을 들은 도무탄이 노래를 시키자 취중에도 지아비의 명령을 거역하지 못하는 독고은한이 결국 천상의 목소리로 노래를 불러서 모두의 혼쭐과 눈물을 쏙 빼냈다.

왜냐하면 오랜 세월 집을 떠나 있는 자식이 고향을 그리워하는 내용의 너무도 슬픈 노래를 불렀기 때문이다. 오죽하면 도무탄조차도 노래를 듣는 내내 고향을 그리워하면서 눈물을 글썽거렸을 정도다.

그래서 도무탄은 그녀에게 이번에는 흥겨운 노래를 부르

라고 했다.

그녀는 명령대로 흥겨운 노래를 불렀다. 하지만 이번에도 다들 눈물과 콧물을 쏟았다.

그녀는 흥겨운 노래도 슬프게 부르는 놀라운 재주를 지니고 있었다.

독고기상이 반가운 소식을 전해주었다. 자신의 공력이 이십 년 정도 증진됐다는 것이다.

보화가 삼시 세끼 식탁에 온갖 영물과 영초로 만든 갖가지 요리를 내놓은 덕분이다.

원래 독고기상의 공력은 오십 년에서 조금 모자랐는데 이제는 일 갑자 하고도 십 년이 더 증진된 칠십 년 공력의 소유자가 되었다.

부친인 무영검가의 가주 공력이 칠십 년 수준인데 둘째 아들인 그가 부친과 공력이 동등한 수준이 된 것이다. 이렇게 되면 독고기상은 무영검가 내에서 실력으로 이인자로 올라설 것이다.

공력이 증진된 사람은 독고기상만이 아니다. 독고지연과 독고은한도 이십 년 정도 증진되어 바야흐로 일 갑자의 공력을 지니게 되었다.

무림에는 일 갑자 공력을 지닌 고수가 그리 흔하지 않다.

무림인 중에서 가장 많은 부류가 공력 십 년 남짓 수준이고, 이십 년만 돼도 제법 대접을 받으며 무림에서 방귀 냄새깨나 풍기고 다닌다.

왜냐면 이십 년 공력만 가져도 쟁투십오급의 최하위인 삼하급(三下級)에 들 만한 실력이 되기 때문이다.

"대형, 이 두 분은 정말 우열을 가리기 어려울 정도로 아름답군요."

한매선이 도무탄 왼쪽에 나란히 앉아 있는 독고 자매를 보면서 적잖이 감탄했다.

"고마워요, 언니."

독고지연이 취기 때문에 빨개진 얼굴로 웃음을 보냈다.

독고지연과 일행은 하남포구의 염저루에서 도무탄을 기다리는 동안 한매선과 친숙한 사이가 되었다.

그중에서도 특히 독고지연은 한매선하고 성격적으로 죽이 잘 맞아서 언니 동생 하게 되었다. 물론 독고지연이 도무탄의 아내이기 때문에 한매선은 그녀에게 깍듯하게 주모(主母) 대접을 해주었다.

그렇지만 숫기가 없는 독고은한은 한매선하고 별로 가까워지지 못했다.

한매선은 독고 자매를 보면서 도무탄에게 넌지시 말했다.

"대형께서 이 두 분을 다 아내로 맞이하신다면 정말 근사할 거예요."

독고은한은 한매선이 마치 다 알고서 말하는 것 같아서 깜짝 놀랐고 또 아픈 곳을 찔렀다.

한매선은 바로 옆에 앉은 도무탄을 말끄러미 바라보았다.

"그것에 대해서 대형은 어떻게 생각하세요?"

도무탄은 그녀에게 독고은한에 대해서 아무것도 말한 적이 없었기에 그녀가 왜 갑자기 이러는 것인지 이유를 몰라서 떨떠름했다.

"글쎄……."

한매선은 아까부터 손으로 탁자 아래에서 도무탄의 허벅지를 부드럽게 쓰다듬다가 이따금 음경을 슬쩍 만지기도 했다.

두 사람은 예전에 술을 마시는 도중에 흥이 도져서 정사를 하고 벌거벗은 채 술을 마신 적도 여러 번 있었으니 그녀가 이러는 것은 얌전한 편에 들었다.

한매선은 여러 가지 재주가 있지만 그중에서도 눈치 하나는 신선 수준이다.

아까부터 도무탄하고 독고은한이 심상치 않은 눈빛을 주고받는 것을 아무도 발견하지 못했지만 한매선만은 유심히 지켜보다가 두 사람의 관계를 십 중 칠팔은 이미 간파했다.

"무슨 대답이 그래요? 제대로 대답해 봐요."

한매선이 탁자 아래에서 그의 발기한 음경을 꾹 잡으면서 눈웃음을 치며 에둘러서 한 번 더 묻는데, 사실 그녀가 이렇게 묻는 데에는 이유가 있다.

도무탄의 확실한 대답을 듣고서 자신이 한번 밀어붙이려는 것이다. 즉, 독고 자매 두 사람을 그의 부인으로 만들어주려는 것이다.

독고은한이 그의 여자가 되게 힘을 써주겠다는 뜻이다. 그녀가 진두지휘하면 이루어진다. 왜냐하면 그녀는 한매선이기 때문이다.

한매선은 도무탄에게 여러 가지 감정과 의무, 책임 같은 복잡한 것들을 갖고 있다.

도무탄에게 그녀는 첫 여자였으며 그의 동정을 가져갔고 또 그에게 어떤 여자라도 침상에서 녹여 버릴 수 있는 방중술을 가르치기도 했다.

도무탄보다 열두 살이나 많은 그녀는 그를 연인처럼 사랑하면서도 때로는 막냇동생이나 아들처럼 살뜰히 보살피기도 했다.

예전 도무탄이 방아미하고 천보궁에서 혼전 동거를 하고 있을 때에도 한매선은 이따금 그를 만나서 뜨거운 밤을 보내곤 했다.

그가 원했기 때문이다. 그는 방아미와 동거하면서 한매선만이 아니라 태원성 최고 기루인 천화루의 루주 미림, 그리고 이곳저곳 돌아다니며 기상단 휘하의 여러 루주와 잠자리를 했다.

그 당시에 도무탄은 방아미하고 혼인을 할 계획이면서도 한매선과 여러 루주를 부지런히 찾아다녔다.

그런데 이번에는 그가 뭔가 달라졌다는 것을 한매선은 분명히 감지했다.

얼마 전에 도무탄이 태원성에서 배를 타고 독고지연 등 한무리의 사람을 이끌고 낙양에 도착했을 때에도, 그리고 소림사 천불갱에 감금되었다가 구사일생 살아서 돌아온 후에도 그는 한매선과 동침하지 않았으며 그녀에게 예전의 끈끈한 눈빛도 건네지 않았다.

다만 큰누나를 대하는 듯한 행동만 취했을 뿐이다. 그래서 한매선은 이번에는 뭔가 다르구나, 도무탄이 독고지연을 진심으로 사랑하는구나 하고 깨달았다.

도무탄은 어색하게 껄껄 웃었다.

"하하하! 그런 건 연아에게 물어봐야지."

도무탄의 말에 한매선은 그의 마음을 간파했다. 독고지연이 허락하기만 하면 두말없이 독고은한을 아내로 삼고 싶다는 뜻이다.

그리고 그와 독고은한 사이에 뭔가 있는 것은 분명했다. 어쩌면 두 사람은 이미 통정을 했을지도 모른다. 한매선의 눈은 속이지 못한다.

한매선은 결국 도무탄의 정실부인 자격을 갖고 있는 독고지연에게 물어보기로 했다.

슬쩍 의중을 떠보는 것은 그다지 나쁘지 않다. 도무탄과 독고은한의 비밀스러운 일이 아직은 수면 위로 떠오르지 않았기 때문이다.

한매선은 독고지연을 빤히 응시하며 노골적으로 질문했다.

"대형께서 언니를 마음에 든다고 하시면 지연 소저는 언니와 함께 대형을 공유할 수 있겠어요?"

이런 말은 한매선이니까 할 수 있다. 해룡방에는 장로가 없지만 그녀는 장로나 다름없는 신분이다. 도무탄을 언제나 든든하게 지켜주는 그녀에게 해룡방 사람들은 그 누구라도 함부로 하지 못한다.

독고지연은 금세 대답하지 못하고 뭔가 목에 걸린 듯 답답한 표정을 지었다.

좌중의 이야기가 이상한 쪽으로 흘러가고 있지만 그 이야기를 주관하는 사람이 한매선이라서 다들 하던 일을 멈추고 도무탄과 독고지연, 한매선 쪽을 관심 있게 주시하고 있다.

독고지연은 한매선이 왜 갑자기 난데없이 이런 말도 안 되
는 얘기를 꺼내는 것인지 짜증이 났다.

"그걸 말이라고 하세요?"

그래서 한매선을 향한 목소리가 쨍하며 보풀스럽게 튀어
나갔다. 평소와는 다른 행동인데 아마도 어느 정도 취했기 때
문일 것이다.

그러나 한매선은 반응하지 않고 온화하게 미소 지으며 고
개를 끄떡였다.

"알겠어요."

독고지연의 대답을 알고도 남음이 있다는 뜻이다.

독고지연은 그렇게 말해놓고는 금세 자신이 실수했다는
것을 깨달았다.

조금 전까지만 해도 한매선을 언니라고 부르며 살갑게 대
했는데, 그까짓 게 뭐 대수라고 그냥 웃어넘길 수도 있는 일
을 갖고 발끈 날 선 감정을 드러내서 한매선의 심기는 물론이
고 좌중의 분위기까지 어색하게 만들어 버렸다.

그녀가 힐끗 도무탄의 얼굴을 보니 그의 표정도 굳어 있다.

뭔가 생각에 잠긴 듯 복잡한 표정이다. 하지만 그것은 탁자
아래에서 한매선이 그의 탱탱하게 발기한 음경을 주무르고
있기 때문이다.

실수를 깨달았으면 즉시 실행에 옮기는 독고지연이다. 그

녀는 벌떡 일어나 한매선에게 포권을 하며 정중하게 고개를 숙였다.

"죄송해요, 언니. 제가 철이 없어서 실언을 했어요."

그러나 한매선은 방그레 미소 지으며 손을 저었다.

"마음에 두지 말아요, 지연 소저. 나는 아무렇지도 않아요."

사람은 신이 아닌 인간이기 때문에 누구나 실수를 할 수 있다. 중요한 것은 그 실수를 인정하는 능력과 그것에 대해서 사과를 하느냐의 여부다.

그런 점에서 한매선은 독고지연을 높게 평가했다. 그녀는 비록 실수를 했으나 곧 깨닫고 정중하게 사과했다. 그러니 나무랄 데가 없다.

"아아……."

독고지연은 세차게 몸서리를 쳤다. 한바탕 격렬한 정사가 끝나고 나서 꽤 시간이 흘렀는데도 폭풍우 같은 쾌감의 잔재가 아직도 몸의 곳곳에 남아서 그녀는 여러 차례 몸서리를 치고 있다.

얼마나 굉장한 절정이었는지 호흡이 그대로 멈춰 버리는 것 같기도 했고 온몸이 녹아서 한 움큼의 물이 돼버리는 것 같기도 했다.

그래도 괜찮다고 생각했다. 한 움큼의 물이 되어 사랑하는 사람의 몸속으로 스며들어 영원히 하나가 될 수 있다면 그로써 사랑이 완성되는 것이라 생각했다.

그녀는 일생 중에서, 그리고 삼라만상에서 사랑이 가장 위대하다고 믿었다.

정사는 그 위대함에 숭고함이 더해지는 것이고, 절정에 도달하는 것은 해탈의 경지에 이르는 것이다. 역설 같지만 그런 그녀의 믿음은 강했다.

고승이 면벽하면서 수억 번 염불을 외운 결과로 마침내 열반(涅槃), 해탈의 경지에 이르는 것이나, 사랑을 바탕으로 미친 듯이 격렬하게 정사를 하여 더 이상 오를 데 없는 저 높은 절정의 숭엄한 지경에 이르는 것이 무에 다르겠는가.

본디 진실은 하나인데 그것을 두고 각자의 종교와 저마다의 눈으로 보고 잣대로 재니까 제각각 다른 것처럼 여겨지는 것이다.

그래서 그녀의 절정은 열반이고 해탈이다. 도무탄을 따르는 것이 그녀의 종교이고 그가 바로 절대적 교주(敎主)이다. 무조건 그를 믿기만 하면 매일 이런 절정의 경지에 이르게 해줄 것이다.

독고지연의 절정은 하루가 다르게 나날이 더 강렬해지고 있다. 그래서 지금의 그녀는 하루 중에서 밤을 제일 기다리는 상태가 되었다.

더 구체적으로 말한다면, 도무탄과 정사를 나누는 행위, 그의 가장 강력하고도 신성한 무기인 거대한 음경이 깊은 계곡 속에 감춰진 바다에 들어와 나룻배의 노를 젓듯이 마구 휘저어서 반쯤은 살아 있고 반쯤은 죽은 것 같은 황홀경 속으로 빠져드는 것이 미친 듯이 좋아서 하루 종일 밤이 오기만을 기다리는 것이다.

그녀는 태원성 아래의 청원현에서 배를 타고 낙양성까지 오는 이십여 일간 도무탄과 하루도 빼놓지 않고 매일 밤 서너 차례 정사를 하는 동안 차츰 정사에서의 성감(性感)을 느끼게 되었다. 즉, 그의 여자로 길들여져 갔다.

그 결과 낙양에 도착할 즈음에는 도무탄보다 더 먼저 정사를 원할 정도가 돼버렸다.

그리고 이 상선을 타고 하남포구를 떠난 첫날 밤에 도무탄은 특별한 방법을 사용했다.

전부터 하고 싶던 권혼력을 음경으로 보내는 방법을 써서 음경의 크기와 힘을 두 배 이상 키웠더니 독고지연의 절정감은 최고조에 달했다.

그녀의 표현대로라면 평소보다 열 배 이상의 극쾌감이었으며 이대로 죽어도 좋다는 생각이 들었다고 한다.

"아아, 여보, 정말 죽는 줄 알았어요."

똑바른 자세로 누워 있는 도무탄 하체에 말에 타듯이 걸터 앉은 독고지연은 또다시 세차게 몸서리를 치며 행복한 표정을 지었다.

그녀는 정사를 좋아하게 되었지만 그보다 더 좋은 것은 자신과 도무탄이 따로 떨어진 두 사람이 아니라 한 사람, 즉 일심동체가 된 지금의 이 순간이다.

격렬하게 정사를 할 때는 너무나 황홀해서 미처 그런 생각을 할 겨를이 없다.

하지만 한바탕 운우지락이 끝나고 나서도 그의 음경이 여전히 몸 안에 가득 들어차 있는 것을 느끼며 자신이 그와 하나가 됐다는 사실을 강렬하게 느낀다.

이것은 정사 후에 오는 후희(後戲) 같은 것이다. 그것은 그 나름으로 최고다. 그래서 그녀는 계속해서 몸을 떨고 있는 중이다.

땀범벅이 된 그녀의 얼굴과 탐스러운 젖가슴에서 땀이 뚝뚝 떨어졌다.

슥—

"아, 사랑해요, 여보."

그녀는 도무탄 가슴에 엎드리며 뜨거운 입김을 뿜어냈다.

도무탄은 그녀의 땀에 젖은 등을 쓰다듬으며 자신이 그녀를 정말 많이 사랑한다는 사실을 새삼 느꼈다.

독고지연과 독고은한 중에서 누굴 더 사랑하느냐고 묻는다면 조금 고민하다가 독고지연을 선택할 정도로 그녀를 사랑한다.

그렇다고 해서 독고은한을 사랑하지 않는 건 아니다. 그녀보다 독고지연을 조금 더 사랑하는 것이다.

만약 그가 독고은한을 더 먼저 만났다면 그녀를 더 사랑하게 되었을 것이다.

그러니까 이것은 사랑의 척도가 아니라 누굴 먼저 만났느냐는 얘기다.

"선 언니 말이에요. 아까 그 일 때문에 천첩한테 화났으면 어쩌죠?"

독고지연은 땀에 젖은 긴 머리카락을 옆으로 쓸어 넘기고 뺨을 그의 가슴에 댔다. 그녀의 말은 아까 한매선하고의 일을 가리키는 것이다.

"괜찮아. 누나는 그 정도 일을 갖고 화를 낼 옹졸한 사람이 아냐."

"그… 럴까요?"

독고지연은 도무탄이 허리를 조금씩 들썩거리자 뜨거운 열기가 속을 헤집고 지나는 느낌을 받았다.

휙!

도무탄은 자세를 바꿔서 그녀를 아래로 가게 하고는 자신이 위에서 본격적으로 움직이기 시작했다.

"아아……."

독고지연은 아주 빠르게 머릿속이 새하얘져서 아무 생각도 들지 않게 되었다.

단 두 가지, 이 사람은 나의 절대자다. 다시 한 번 죽을 준비가 되어 있다. 그것만 아련하게 느낄 뿐이다.

第五十章

무림추살령(武林追殺令)

등롱기

도무탄 일행을 태운 상선은 낙양성 하남포구를 출발한 지
이십오 일째에 황하를 벗어나 북쪽으로 향하는 경항대운하(京
杭大運河)에 올라탔다.

경항대운하는 북쪽인 산동성의 황하와 남쪽인 강소성의
장강(長江)을 남북으로 연결한 대운하이다. 그 길이가 장장
오천여 리인데 그게 전부가 아니다.

남쪽에서 오천여 리를 숨 가쁘게 달려온 운하는 산동성에
서 황하를 가로질러 북쪽으로 천오백여 리를 더 뻗어 올라가
북경성 서쪽에서 남쪽으로 휘돌아 흐르는 영정하(永定河)까

지 닿아 있다.

그런데 또 그게 다가 아니다. 운하는 영정하를 또다시 남북으로 가르고 계속 북진하여 마침내 북경성 동쪽 이십여 리에 위치한 통현(通縣)에 이른다.

마찬가지로 남쪽으로 뻗어 내린 운하는 장강에서 멈춘 것이 아니다.

거기에서 이천여 리를 더 남진하여 마침내 천하에서 가장 경치와 풍광이 아름답다는 절강성(浙江省) 항주(杭州)에 이르게 된다.

도무탄 일행이 탄 상선이 황하를 벗어나 북으로 뻗은 운하에 이제 막 들어섰다면 앞으로 북경성까지 천오백여 리가 남았다는 뜻이다.

운하가 강하고는 달리 한 가지 좋은 점은 운하의 폭과 수심이 큰 변화 없이 일정하고 구불구불하지 않고 일직선으로 뻗어 있어서 밤에도 운항이 가능하다는 사실이다.

도무탄의 상선은 운하로 들어섰다가 다음 날 동이 틀 무렵 산동성과 하북성의 경계인 임청현(臨淸縣)이라는 곳의 포구에 잠시 정박했다.

이곳 포구는 제법 번화하고 수륙 교통(水陸交通)이 원활한 곳이라서 생활에 필요한 물건을 구하기가 수월하고 또 무림의 소식을 쉽게 접할 수가 있을 것 같아 독고기상은 궁효 등과 함께 포구로 내려갔다.

도무탄은 독고지연, 독고은한과 함께 상선의 앞쪽 선실 삼층으로 올라갔다.

갑판 아래 선창에서 선실로 곧장 오르는 계단이 있으므로 구태여 갑판으로 나가지 않아도 되었다.

앞쪽 선실은 한 채의 아담한 전각 형식으로 지어져 있으며, 삼 층인데 그 위에 다락 같은 곳이 하나 있다.

그리고 뒤쪽 선실인 전각하고는 이 층끼리 구름다리로 연결되어 있으며, 구름다리 한가운데에 정자가 하나 있다.

앞뒤의 선실 일 층은 창고로 사용하고 있으며, 이 층과 삼층의 방을 다 합치면 사십여 개나 된다.

도무탄은 앞쪽의 창을 활짝 열고 포구를 바라보았다. 그의 양옆에는 독고 자매가 서 있고 뒤에는 해룡야사가 우뚝 서서 호위하고 있다.

해룡야사는 태원성을 떠나 낙양으로 올 때 모두가 보는 앞에서 자신들의 실력을 선보인 적이 있다. 그때 이후 두 달 가까이 지난 지금은 그때보다 많이 발전한 상태이다.

더구나 보화가 영물, 영초로 만든 요리와 탕제를 억척스럽게 거두어 먹이는 바람에 공력까지 삼십 년 이상으로 증진되었으니 지금쯤은 잘하면 쟁투십오급 삼상급(三上級)이나 이하급(二下級)쯤에는 들 수 있을 터이다.

낙양성 하남포구를 떠나서 여기까지 오는 동안에도 그들은 도무탄의 수련실 바로 옆에 수련실을 마련해 두고 그곳에서 소화랑과 함께 거의 실전이나 다를 바 없을 정도로 치열하게 훈련을 해왔다.

휘이이—

늦봄에서 초여름으로 넘어가는 계절인 지금 활짝 열어놓은 창문으로 불어오는 강바람은 시원하기 그지없다.

"아, 시원해요."

독고지연이 풀어헤친 긴 머리카락을 찰랑찰랑 흔들면서 상쾌한 표정을 지었다.

"여보, 오늘 밤 오랜만에 다 함께 술 한잔하는 건 어때요?"

"좋지."

독고지연이 어깨에 고개를 기대면서 묻자 그는 흔쾌히 대답했다.

궁효와 보화의 혼인식 이후 술을 마시지 않고 무공연마에만 열중해서 은근히 술 생각이 나기도 했다.

"처형은 어때?"

그는 두 여자의 가느다란 허리에 동시에 팔을 두르면서 독고은한 쪽을 보며 물었다.

"소녀도 좋아요."

이즈음에는 독고지연이 보기에도 도무탄과 독고은한은 매우 친해져 있었다.

두 사람이 제부와 처형이라기보다는 허물없는 이성 친구처럼 보여서 독고지연은 마음이 여간 흡족한 것이 아니다.

"술이라…… 얼마 만에 마시는 건가?"

도무탄은 중얼거리면서 두 손을 스르르 내려 자연스럽게 두 여자의 둔부를 어루만졌다.

만지려고 해서 만지는 게 아니라 둘 다 자신의 여자이기에 스스럼없는 행동이다.

매일 밤 도무탄의 뜨거운 사랑을 듬뿍 받아 절정의 나날을 보내고 있는 독고지연은 그 작은 손길에도 금세 달아올라서 몸을 살짝 꼬았다.

그러나 출항한 지 사흘째 되는 날 수련실에서 도무탄과 두 번째 열애를 나눈 이후 다시는 그의 수련실을 찾지 않고 독수공방한 독고은한은 움찔 몸을 떨더니 딱딱하게 경직되었다.

도무탄 뒤에 서 있는 막야는 도무탄이 두 여자의 둔부를 만지거나 말거나 상관도 하지 않은 채 눈도 깜빡이지 않고 날카롭게 주위를 경계하고 있는데 막사의 눈은 도무탄의 손으로 향해 있다.

사실 해룡야사와 소화랑은 그날 바로 옆 수련실에서 도무탄이 어떤 여자와 사랑을 나누는 소리를 생생하게 듣고는 깜짝 놀랐다.

하지만 그 여자가 누군지 알지 못했고 또 알려고 들지도 않았다.

상전, 즉 주군에 대해서 수하가 뭔가 캐내려는 것은 할 짓이 아니라고 알고 있기 때문이다.

이들은 도무탄의 호위무사이며 최측근이기에 그가 함구를 명령하지 않더라도 자신들이 보고 들은 것을 일체 입 밖에 내서는 안 된다고 알고 있다.

자신들끼리 그 일에 대해서 침묵을 지키자고 다짐한 것도 아니건만 지금껏 그날 있었던 일에 대해서는 서로 입을 굳게 다물고 있었다.

세 사람은 자신들의 최고 상전인 도무탄에 대해서는 그 누구보다도 관심이 많지만 그 누구보다도 관심이 없는 것처럼 행동했다.

그런데 막사는 지금에서야 비로소 그날 도무탄이 수련실에서 누구와 사랑을 나누었는지 알게 되었다. 바로 독고은한이었다.

막사는 쳐다보지 않으려고 얼굴은 정면을 향하고 있으나 눈동자는 독고은한의 팽팽한 둔부를 어루만지고 있는 도무탄의 손에서 뗄 수가 없었다.

십구 세의 막사는 두 오빠의 영향을 받아서 자신도 모르는 사이에 어느덧 비정하고 잔인하며 과묵한 성품의 소유자가 되었다.

남자하고의 끈끈한 애정이나 세상의 뭇 여자가 꿈꾸는 숱한 것에 대해서는 추호도 동경해 본 적이 없으며, 오로지 고강해지고 싶다는 욕망밖에는 없는 무정녀(無情女)로 변모해 있었다.

그런 그녀가 사랑하게 된 단 한 남자가 있다. 다름 아닌 도무탄이다.

절대로 넘봐서도 꿈꿔서도 안 되는 최고 상전이자 존경해 마지않는 남자를 사랑하게 된 것이다.

마음이라는 것은 제 마음대로 단속할 수가 없다. 실로 어이없게도 그 마음이라는 것이 도무탄을 덜컥 사랑하고 있다는 사실을 깨달은 후부터 막사는 더욱 말이 없어졌고 손속도 잔인무도해졌다.

절대로 이룰 수 없는 사랑이기에 절망에 빠졌고, 그 절망을 투지로 바꿔서 수련에 매진하는 것이다.

그때 독고지연이 몸을 뒤채다가 도무탄이 언니의 둔부를 어루만지고 있는 것을 발견하더니 배시시 미소를 지으면서 물었다.

"여보, 천첩하고 언니랑 누구 것이 더 탐스러워요?"

"처형 거."

도무탄은 생각할 것도 없다는 듯 단칼에 대답했다.

"피이."

장난으로 그런다는 것을 아는 독고지연은 짐짓 샐쭉한 표정을 지었다.

"당신은 언니에 대해서 잘 알지도 못하면서……."

"그래도 만져 보면 안다."

그가 약 올린다는 것을 뻔히 알면서도 독고지연은 은근히 약이 올랐다.

"제대로 만져 보세요. 자."

독고지연은 그가 만지기 좋도록 둔부를 쑥 내밀고 나서 독고은한을 종용했다.

"언니도 내밀어."

그러나 독고은한은 민망한 표정을 지으며 도무탄의 손을 슬쩍 쳐냈다.

"그만하세요."

그런데 그때 포구의 많은 사람 속에서 독고기상과 궁효, 그리고 외상단 소속 수하 몇 명의 모습이 보였다.

그런데 그들은 누구에게 쫓기는 듯 매우 서두는 모습이더니 잠시 후에 배에 올라탔다.

"출발시켜라."

도무탄이 뭔가 좋지 않다는 것을 감지하고 나직이 중얼거리자 막사가 도무탄의 명령을 전하기 위해서 쏜살같이 갑판으로 달려 내려갔다.

갑판에 오른 독고기상은 선실 삼 층에 서 있는 도무탄을 발견하고는 포구 쪽을 가리키며 전음을 보냈다.

[개방 제자들에게 발각됐네.]

'개방!'

도무탄은 와락 인상을 구겼다. 태원성에서도 개방에게 여러 차례 괴롭힘을 당한 터라서 개방이라는 말만 들어도 넌더리가 났다.

도무탄은 손짓으로 독고기상과 궁효 등에게 어서 선창으로 내려가라는 시늉을 해 보이고는 자신은 창 안쪽에 우뚝 서서 포구를 날카롭게 쏘아보았다. 독고기상 등을 추격할지도 모르는 개방 제자를 찾으려는 것이다.

[저기예요.]

독고은한이 포구의 오른쪽을 가리키며 전음을 보냈다.

도무탄이 그녀가 가리키는 방향을 쳐다보니 거리 쪽에서 포구로 세 명의 거지가 달려오고 있는데 한눈에도 개방 제자가 분명했다.

더구나 그들은 거지 행색을 한 상태에서도 검을 지니고 있었다.

[개방 제자가 무기를 휴대하고 있다는 것은 누군가를 추격해서 죽이려 한다는 뜻이에요.]

독고은한이 차가운 목소리로 말하는 중에 포구에 들어선 세 명의 개방 제자는 누굴 찾는 듯 두리번거리면서 사람들의 왕래가 복잡한 포구 한복판으로 들어오고 있었다.

세 명이 각기 흩어져서 복잡한 사람들 틈새를 비집으며 이리저리 돌아다니면서 누굴 붙잡고 뭔가를 묻기도 했다.

도무탄은 그들을 무섭게 쏘아보면서 용서할 수 없다는 생각이 들었다.

그들이 독고기상을 알아보고 또 추격했다면 필경 소림사하고 연관이 있을 것이다.

소림사의 개 노릇이나 하는 자들이라는 생각이 들자 이번에는 살심이 치솟았다.

더구나 저들을 가만히 내버려 두면 도무탄 일행이 탄 상선이 출발하기도 전에 발각될지도 모르고, 그리되면 행적이 드러난다.

그가 제일 먼 곳에 있는 개방 제자하고의 거리를 눈대중으로 재어보니 팔구 장 정도로 꽤 먼 거리다.

세 명을 다 죽이려면 제일 먼 곳에 있는 자부터 죽여야 할 것 같았다. 그런데 그자가 두리번거리면서 조금씩 더 멀어지고 있었다.

슥—

도무탄은 즉시 오른 주먹을 들어 올려 첫 번째 제물로 삼은 개방 제자를 향해 쭉 뻗었다.

독고지연과 독고은한, 그리고 어느새 독고은한 옆으로 다가온 막사까지 움찔 놀라 도무탄의 오른팔을 주시했다. 그가 구체적으로 어떻게 하려는 것인지는 모르지만 개방 제자를 죽이려고 한다는 것은 짐작했다.

도무탄은 흔적 없이 쥐도 새도 모르게 죽이기 위해서 격광에 권신탄을 실어서 발출하기로 마음먹었다.

빛처럼 빠른 격광에 정확도와 파괴력이 탁월한 권신탄을 실은 암습에 당하면 모르긴 해도 적중당하는 순간 즉사하고 말 것이다.

그러나 문제는 십여 장 거리를 감당할 수 있느냐는 것이다. 이렇게 먼 거리는 한 번도 전개해 본 적이 없다.

실패하더라도 별문제는 없을 터이다. 격광과 권신탄은 허공에서 소멸해 버리고 말 테니까 말이다.

후욱—

마치 옷자락을 크게 펄럭이는 듯한 음향이 나직하게 들렸을 때에는 이미 도무탄의 주먹에서 번쩍하고 핏빛 광선(光線)이 뿜어지고 난 후다.

픽.

핏빛 광선이 허공중에서 반짝 작게 빛난다고 여긴 순간 도무탄이 목표로 삼은 개방 제자의 머리통이 산산이 부서지고 있었다.

때마침 아침 햇살이 포구를 비추고 있는데 박살 난 머리에서 뿜어져 허공에 흩어지는 피와 뇌수가 한 폭의 그림처럼 찰나지간 정지되는 듯했다.

퍽!

주위의 사람들이 혼비백산해서 비명을 지르기도 전에 그곳에서 삼 장 떨어진 인파 속의 또 다른 개방 제자의 머리가 똑같은 모습으로 터졌다.

비명을 지를 입마저 박살 났기에 비명도 지르지 못하고 두 명은 순식간에 이승을 떠났다. 격광에 권신탄을 실은 수법은 보기 좋게 성공했다.

도무탄은 두 명을 죽이고 오 장 거리에 있는 마지막 개방 제자를 향해 오른 주먹을 뻗었다.

그러나 그는 공격하지 못했다. 때마침 거리 쪽에서 십여 명의 개방 제자가 손에 무기를 쥐고 달려오는 것을 발견했기 때문이다.

이런 좋지 않은 상황에서 마지막 개방 제자를 죽이겠다고 하는 것은 과욕이다.

개방 제자 십여 명이 몰려오고 있으므로 도무탄이 방금 죽이려고 한 개방 제자가 마지막이라고도 할 수도 없다.

기필코 그를 죽여야 하는 것도 아닌데다 이미 배가 출발하기 시작했다.

배가 포구에서 점점 멀어지는데도 도무탄은 포구의 개방 제자들에게서 눈을 떼지 못했고, 그의 얼굴은 돌덩이처럼 점점 더 굳어갔다.

개방 제자들이 죽은 동료 두 명의 주위로 몰려들고 또 포구 이곳저곳을 뛰어다니면서 흉수를 찾고 있는 광경을 도무탄 등은 묵묵히 지켜보았다.

하지만 개방 제자들은 수십 척의 크고 작은 배가 정박해 있는 곳에서 물살을 가르며 유유히 떠나고 있는 도무탄의 배를 의심하지는 않았다.

선창으로 내려온 도무탄은 독고기상과 마주 앉았다. 독고기상의 표정만으로는 그가 무슨 말을 하려는 것인지 예상하기 어려웠다.

"두 가지 소문을 들었네."

도무탄 양옆에 앉은 독고 자매는 긴장된 표정으로 오라버니를 주시했다.

"등룡신권(騰龍神拳). 자네 별호일세."

도무탄은 의아한 표정을 지었다.

"제 별호라뇨? 저는 원래 무진장이라고⋯⋯."

"자네가 소림사에 혼자서 걸어 들어가고 난 후 무림에 조성된 소문에 대해서는 알고 있지?"

"제가 살아서 나오면 등룡이 될 거라고 무림인들이 이러쿵저러쿵한 것 말입니까?"

"그렇지. 그래서 자네가 소림사에서 살아 나옴으로 해서 천하오룡이 되었네."

도무탄은 멋쩍은 표정을 지었다.

"제가 소 형하고 같은 등급이라니 저로서는 인정할 수 없습니다. 더구나 제 힘으로 걸어서 나온 게 아니라 소 형이 구해준 건데⋯⋯."

독고기상은 자랑스러운 듯한 표정을 지었다.

"자네 쟁투십오급의 등급도 정해졌네."

"무슨 소립니까?"

그가 모르는 사이에 무림인들이 등룡신권이라는 별호를 지어주더니 이번에는 등급까지 정해졌다고 한다.

독고지연은 너무나 궁금해서 기다리는 것이 어려운 듯 독고기상을 졸랐다.

"오라버니, 탄 랑 등급이 뭐예요?"

도무탄 뒤에 나란히 서 있는 해룡야사도 귀를 쫑긋 세웠다.

독고기상은 흐뭇한 미소를 지었다.

"자네 자그마치 초하급일세."

"초하급……."

도무탄은 듣기는 했는데 무슨 뜻인지 가슴에 와 닿지가 않아서 멍한 표정을 지었다.

"와앗! 초하급이라니, 그게 정말이에요?"

"꺄악! 굉장해요!"

독고 자매는 손뼉을 치면서 발딱 일어나 발을 동동 굴렀다.

"그래, 천하사룡과 동급인 초하급이 확실하다."

도무탄은 조금 전에 자신의 별호가 등룡신권이라는 말을 들었을 때보다 더 어이없다는 표정을 지었다.

"그런 말도 안 되는……."

초절일이삼 다섯 급이 각기 상중하로 분류되어 도합 십오급이 되는 것이 쟁투십오급이다.

그런데 도무탄이 초절일이삼의 첫 번째인 초급에 들었다는 것이다.

비록 초하급이지만 엄연히 초급이다. 더구나 천하사룡도 하나같이 초하급이다.

도무탄은 쟁투십오급에 진입한 적이 없다. 대부분의 무림인은 쟁투십오급 최하위인 삼하급에 들기 전에 열다섯 계단의 맨 아래인 보진급에 발을 딛는 것이 순서인데 도무탄은 보진급은커녕 단번에 초하급으로 진입해 버렸다.

독고지연은 도무탄의 팔을 잡고 흔들며 기뻐했다.

"뭐가 말이 안 돼요? 탄 랑은 절상급인 소림 장문인 무각 선사와 절중급인 소림사로를 모조리 죽였어요. 그러니 초하급이 되고도 남아요."

독고은한도 신이 나서 거들었다.

"지당한 말씀! 탄 랑이 아니면 누가 초하급이 되겠어요?"

독고지연이 눈을 동그랗게 뜨면서 손가락으로 독고은한을 가리켰다.

"언니, 방금 탄 랑에게 탄 랑이라고 불렀어."

"그럼 탄 랑에게 탄 랑이라고 부르지 뭐라고 부르니?"

"아하하하! 말이 묘하네? 그래, 좋아. 까짓것, 언니 좋을 대로 해. 언니니까 봐주는 거야."

독고기상의 얼굴이 굳어졌다.

"한 가지 소식이 더 있네."

도무탄이 초하급이 됐다는 소식에 기뻐하던 독고 자매는 금세 조용히 하며 도무탄에게 찰싹 붙었다.

"말씀해 보세요, 오라버니."

독고은한이 초조한 얼굴로 독고기상에게 말했다.

말을 하기도 전에 독고기상의 얼굴은 착잡하기 그지없다. 조금 전에 도무탄이 초하급이 됐다면서 싱글벙글하던 모습은 찾아볼 수가 없다.

"음. 소림사가 무림추살령을 발동했네."

"무림추살령……."

지금까지 태연하던 도무탄의 얼굴이 돌처럼 차갑게 굳으며 중얼거렸다.

그 말을 듣는 순간 그는 삼백여 년 전 소림사가 천신권에게 무림추살령을 발동했다는 사실이 기다렸다는 듯이 반사적으로 떠올랐다.

그 당시 소림사를 위시하여 구대문파가 자파의 고수 수천 명을 동원하여 추살대를 조직, 끈질기게 천신권을 추격해 결국 오 년여 만에 그를 제압하여 소림사 천불갱에 가두었다.

이후 천신권은 감쪽같이 사라졌다. 아니, 죽었다. 그것은 죽었다고 봐야 한다.

"설마… 나에 대한 추살령입니까?"

도무탄은 수만 근 무게의 거대한 바위에 짓눌린 듯한 기분으로 조용히 물었다.

"그… 렇다네."

독고기상은 오만상을 쓰며 쥐어짜듯이 겨우 대답했다.

도무탄은 어이없다는 표정을 지었다가 갑자기 와락 인상을 쓰며 주먹으로 탁자를 내려쳤다.

탁!

"빌어먹을 소림사!"

탁자가 절반으로 쪼개지며 나뒹굴었다.

그가 고함을 지르고 탁자가 쪼개지는 바람에 주위의 모두가 놀라서 화닥닥 일어섰다.

도무탄은 분노를 삭이지 못하고 허공에 주먹을 휘두르며 실내를 오락가락 걸어 다녔다.

"내가 무슨 죽을죄를 저질렀다고 구대문파가 죽이려고 든다는 말인가!"

"팔대문파 전체가 소림사에 동조한 건 아닐세."

그런데 독고기상이 뜻밖의 말을 했다.

"현재 무림추살령에 동조한 문파는 무당파와 화산파, 아미파(峨嵋派), 종남파(終南派)일세."

"그럼……."

"그 다섯 문파가 무림추살령에 동조하여 고수들을 파견했으며 나머지 청성파(靑城派)와 점창파(點蒼派), 곤륜파(崑崙派), 공동파(崆峒派)는 침묵을 지키고 있네."

도무탄은 화를 억제하고 진중하게 고개를 끄떡였다.

"그렇습니까?"

"그렇다네. 팔대문파가 무조건 소림사에게 협조하는 것은 아닌 것 같네."

도무탄은 조금 복잡한 표정을 지었다.

"네 개의 문파가 소림사에게 협조하지 않겠다고 분명하게 선언한 것은 아니군요."

독고기상은 쓴웃음을 지었다.

"그들은 그러고 싶어도 그렇게 말할 수 없는 처지네."

독고은한이 덧붙였다.

"소림사는 무림맹주예요. 맹주에게 밉보이는 문파나 방파는 무림에서 제대로 활동할 수가 없어요. 아니, 살아날 수가 없지요."

도무탄의 결기가 되살아나며 눈빛이 날카로워졌다.

"대체 누가 소림사를 맹주라고 추앙이라도 했다는 말인가?"

"소림사에서는 대대로 태선승(太禪僧)을 배출했어요. 태선승이 존재하는 한 소림사는 맹주로 군림할 수 있어요."

학식이 풍부하고 무림에 대해서 잘 알고 있는 독고은한이 태선승에 대해서 설명했다.

태선승이란 소림사의 전대 장문인이나 장로를 뜻한다.

소림사의 장문인 자리를 제자에게 물려주고 태상장문인(太上掌門人)으로 물러나면 태선승이 된다.

마찬가지로 소림장로 자리에서 물러나 태상장로(太上長老)가 되면 그 역시 태선승이 되는 것이다.

지금까지의 예로 봤을 때 평균적으로 소림 장문인은 육십

세, 소림장로는 오십오 세쯤에 오른다.

장문인과 장로의 재위 기간이 평균 삼십여 년이므로 그때쯤 태선승의 나이는 대략 구십여 세가 된다.

무공을 배우지 않은 사람의 평균 수명이 삼십오 세인 요즘 세상에 아무리 불가의 고승이라고 해도 백 세 이상 사는 것은 쉬운 일이 아니다.

그런데도 소림사에는 항상 태선승이 존재해 왔고 지금도 존재하고 있다.

오랜 옛날, 무림에는 마도(魔道)와 사파(邪派)에 의한 대혈겁이 세 차례 벌어진 적이 있다.

그때마다 무림은 아비규환의 소용돌이에 빠져 몰락의 위기에 직면했는데, 세 차례 다 소림사의 태선승들이 전 소림 제자를 이끌고 나와 도탄에 빠진 무림을 구했다.

만약 소림사가 아니었으면 무림은 마도나 사파의 수중에 떨어져 상상하는 것조차 두려운 고난의 길을 걸어야만 했을 것이다.

세 차례의 커다란 위기를 겪은 무림은 많은 문파와 명숙(名宿)들이 오랜 숙의 끝에 한 가지 결단을 내렸는데 바로 소림사를 맹주로 삼자는 것이었다.

그것은 무림을 위기 때마다 구해준 소림사에 대한 보은(報

恩)이기도 하지만, 장차 무림이 또다시 환란에 처하면 소림사가 맹주로서 무림을 이끌어 사마외도를 물리쳐 달라는 간청의 의미가 담겨 있었다.

소림사는 불문으로서 맹주 같은 것은 할 수 없다고 몇 차례 고사하다가 무림의 청이 워낙 간곡해서 결국 받아들였는데 이것이 지금으로부터 오백여 년 전의 일이다.

그 당시 소림사에 맹주의 지위를 헌상(獻上)했던 문파는 소림사를 제외한 팔대문파 전부였으며, 무림을 대표하는 팔십팔 개 명문정파, 소위 '팔팔명문(八八名門)'으로 불리는 문파와 방파들이었다.

팔대문파와 팔팔명문에 여덟 팔(八)이 셋이나 들어 있으므로 이들 구십육 개 문파와 방파를 일컬어 '삼팔명문(三八名門)'이라고도 불렀다.

어쨌든 삼팔명문은 소림사를 맹주로 받들면서 두 가지 맹약(盟約)을 했다.

이후 삼팔명문은 소림사에 절대 복종한다.

이후 소림사의 맹주 지위는 영세토록 불변한다.

第五十一章

무영검가

촤아아!

밤이 이슥해졌는데도 배는 물살을 가르며 북으로 미끄러
져 나아가고 있다.

"후우……."

술이 몹시 취한 도무탄은 답답한 머리를 식히려고 선실 꼭
대기로 올라갔다.

꼭대기는 삼 층 위에 있는 다락이다. 높이가 넉 자밖에 안
돼서 허리를 잔뜩 숙이고 들어가야 한다.

하지만 일단 창을 열어놓고 앉으면 이곳처럼 아늑한 장소

도 찾기 어렵다.

아까 독고지연이 오늘 밤에 다 함께 술을 마시자고 한 말은 지켜졌다.

그러나 독고지연이 술을 마시자고 제의한 아침나절에는 즐거운 기분이었으나 정작 술을 마시기 시작한 저녁때에는 분위기가 무겁게 가라앉았다.

도무탄 이하 측근 모두는 선창에 모여서 꽤 많은 술을 마셨지만 지난번처럼 노래를 부르고 손뼉을 치는 등 흥겨운 분위기는 아니었다.

독고지연과 독고은한은 많이 취한 탓에 각자의 방으로 가서 자는 것을 보고 도무탄은 혼자 있고 싶어서 이곳으로 올라온 것이다.

꿀꺽꿀꺽.

도무탄은 활짝 열어놓은 창 앞에 왼쪽 팔꿈치 바닥을 지탱하고 반쯤 누워서 오른손으로는 갖고 온 술병을 들어 마셨다.

"크으……."

그는 많이 흐트러진 자세로 인해 입에서 흐르는 술을 손등으로 문질러 닦았다.

그는 많이 취했다. 생각이 많고 복잡해서 쉬지 않고 마셨기 때문이다.

자신이 천하오룡의 일원이 되고 등룡신권이라는 멋들어진

별호를 얻은 일은 정말이지 신 나는 일이다.

해룡방이 낙양에 진출하여 승승장구 약진하고 있으며, 그는 쟁투십오급의 초하급에 천하오룡 등룡신권이 되었으니 이러다가는 그가 목표로 삼은 천하제일부와 무림최고수가 되는 일이 불가능한 것만은 아닐 듯했다.

그러나 호사다마(好事多魔)라고, 소림사 천불갱에서 친구 소연풍의 도움으로 간신히 목숨을 건졌는데 무림추살령이 발동되었다는 말을 들은 순간부터 줄곧 목에 시퍼런 칼날이 닿아 있는 것 같은 느낌이다.

이제껏 누군가를 목표로 삼아 무림추살령이 발동된 이래 단 한 명도 무사한 인물이 없었다고 아까 독고은한이 조심스럽게 알려주었다.

도무탄의 마음속 사부인 천신권마저도 무림추살령에 의해 운명을 달리했었는데 하물며 천신권보다 못한 그가 목숨을 부지한다는 것은 결코 녹록한 일이 아니다.

이런저런 생각에 술을 마시는 와중에도 마음이 편하지 않아서 술을 맹물 마시듯 했다.

독고지연과 독고은한, 독고기상 삼 남매가 번갈아가면서 그를 위로했으나 제대로 귀에 들어오지 않았다.

"빌어먹을."

모두 같이 있을 때는 되도록 태연함을 유지하려고 애썼으나 혼자 있게 되니 욕이 저절로 튀어나왔다.

소림사가 무림추살령을 발동했더라도 자신이 목표로 삼은 것을 포기하고 싶지는 않았다.

그는 권혼을 손에 넣고 또 연마했어도 무고한 사람들을 죽이고 싶은 마음은 추호도 없으며 지금까지도 그렇게 행동해 오고 있다.

여태껏 그가 죽인 자들은 그를 죽이려 했거나 핍박했으며 독고지연을 납치해서 고문을 하려 했다. 그러므로 죽어 마땅한 자들이다.

나를 죽이려 하고 괴롭히며 내 가족을 납치했는데도 가만 있을 사람이 대관절 누가 있겠는가.

더구나 그것을 해결할 능력이 있는 사람이라면 절대로 두 손 묶어놓고 구경만 하지는 않을 것이다.

자기들이 나를 죽이려 하는 것은 괜찮고 내가 살기 위해서 자기들을 죽인 것은 용서하지 않겠다는 논리다. 그게 바로 지금의 소림사다.

"개자식들, 어디 누가 이기나 해보자."

그는 씨근거리며 내뱉고 술을 벌컥벌컥 마시며 이를 부드득 갈았다.

"나 도무탄을 잘못 건드렸다, 소림사 후레자식들아."

그는 다시 술을 마시려다가 술이 떨어져 빈병이자 이곳에 술이 있을 리가 없음에도 괜히 주위를 두리번거렸다. 그런데 다락 입구 쪽에 막사가 단정히 무릎을 꿇고 앉아 있는 것이 아닌가.

"어, 사야, 너 거기에서 뭐 하느냐?"

막사는 공손히 고개를 숙였다.

"대형을 호위하고 있습니다."

"너도 술 마셨잖느냐?"

"그렇습니다."

도무탄은 피식 웃었다.

"네가 날 호위해? 너 그렇게 고강하냐?"

막사는 흠칫했다.

"아, 아닙니다."

"그런데 왜 너 혼자냐?"

"오늘 밤은 속하가 불침번입니다."

해룡야와 소화랑 세 사람은 밤마다 돌아가면서 한 사람씩 도무탄의 방문 앞을 지켰다.

도무탄은 손을 저었다.

"가서 술 좀 가져와라."

도무탄은 막사를 기다리는 동안 열어놓은 창 쪽을 향해 옆으로 누워서 손으로 머리를 받치고 창밖의 어둠을 물끄러미 바라보았다.

술이 꽤 취한 상태인데도 여러 생각이 머릿속에 떠올랐다가 사라지기를 반복했다.

그러다가 지난해 초겨울 천보궁에서 방아미와 함께 한밤중에 잠을 자다가 세 명의 괴한에게 불의의 습격을 당한 일이 문득 생각났다.

그때로부터 불과 반년밖에 지나지 않았는데 그는 지금의 위치에 도달해 있다.

그토록 많은 일이 반년 안에 다 일어났다는 사실이 믿어지지 않았다.

해룡방을 이룩하느라 걸린 십 년 세월보다 지난 반년 동안 더 많은 일이 벌어진 것 같았다.

'참 많은 일이 있었구나.'

그래서 혼자 지난 반년 동안의 일을 생각하면서 미소 짓기도 하고 슬픔에 빠지기도 했는데 막사가 다락으로 올라오는 소리가 들렸다.

막사는 아예 술병 다섯 개와 커다란 접시에 안주로 삼을 간단한 요리까지 담아가지고 왔다.

"오, 훌륭하다. 너도 이리 와서 앉아라."

누워 있던 도무탄은 술과 안주를 보더니 벌떡 일어나 앉으며 과장된 표정으로 칭찬하면서 앞쪽의 바닥을 손바닥으로 두드려 보였다.

막사는 깜짝 놀랐으나 도무탄의 입에서 두 번 말이 나오지 않도록 곧 그의 앞에 앉았다.

하늘같은 주군과 단둘이 대작한다는 것은 천부당만부당한 일이지만, 그에 앞서 주군의 명령을 거역한다는 것은 더더욱 있어서는 안 될 일이다.

두 사람은 다섯 병 중에서 세 병을 마시는 반 시진 동안 이런저런 대화를 나누었다.

막사는 원래 지나칠 정도로 과묵해서 하루에 채 다섯 마디도 말하지 않는 경우가 허다했다.

그렇지만 도무탄이 이것저것 묻는 터라서 대답하지 않을 수가 없다.

굳이 그렇지 않더라도 막사로서는 마음속으로만 깊이 사랑하고 있는 도무탄하고 단둘이 있는 절호의 기회를 자신의 별로 내세우고 싶지도 않은 과묵한 성격 따위로 허비하고 싶은 생각은 추호도 없었다.

두 사람이 나눈 대화는 여러 가지다. 주로 막사가 배우고 있는 무공 전삼도에 대해서 많은 시간을 할애했으며, 그밖에는 각자의 사생활에 대해서도 얘기를 나누었다.

그러나 술자리에 어울릴 만한 내용이지 깊이 있는 진지한 얘기는 아니다.

막사는 단지 도무탄과 대화를 한 것뿐인데 가슴이 터질 만큼 행복했다.

태양에게는 가까이 다가갈수록 뜨거워지고 종국에는 견딜 수 없게 된다. 그런 의미에서 막사에게 도무탄은 태양과 같은 존재라고 할 수 있었다.

"휴우, 그만 마시자. 많이 취했다."

도무탄은 아까처럼 창을 향해 옆으로 누워 손바닥으로 머리를 받쳤다.

막사는 술병과 접시를 주섬주섬 치우기 시작했다.

"놔두고 너도 이리 와서 누워봐라. 아주 편하다."

도무탄이 옆을 가리키면서 막사에게 자기처럼 누우라고 손짓했다.

막사는 많이 취했지만 정신은 말짱하다고 믿었으며 지금은 오로지 한 가지 생각만 했다.

사랑하는 사람 옆에 누울 수 있는 기회가 주어졌다는 것. 앞으로 죽을 때까지 이런 기회가 없을 것이라는 확신. 그것만으로도 그녀는 숨이 끊어질 것처럼 행복했다.

어째서 꿈같은 현실은 생생하게 나타나지 않고 꿈처럼 아련하게만 느껴지는지 모를 일이다. 죽은 막태 오빠가 피를 흘리며 나타나서 울부짖으며 괴롭히는 현실 같은 꿈은 그토록 생생했는데 말이다.

지금은 사랑하는 감정이 시키는 대로 하면 된다. 그러면 사랑이 이루어지진 않더라도 최소한 시작하거나 어떤 식으로든 길이 제시될 터이다.

슥—

그녀는 어깨의 곤음도를 풀어서 한쪽 바닥에 놓고 모로 누워 있는 도무탄 앞에 누웠다.

그에게 등을 보이고 가슴을 조이며 최대한 닿지 않도록 노력하면서 조심스럽게 누웠다.

그는 손으로 머리를 받쳤지만 그녀는 그냥 새우처럼 몸을 웅크리고 누워 두 손을 가슴에 모았다.

슥—

도무탄이 아주 자연스럽게 그녀의 단단한 배를 안아 자신에게 끌어당겨 밀착시켰다.

지금 같은 상황과 분위기에서는 그렇게밖에는 행동할 수 없는 것처럼 느껴졌다.

막사는 놀라지 않았다. 그 행동을 아주 당연하고도 자연스럽게 받아들였다.

그러나 도무탄의 다음 행동은 이어지지 않았다. 그녀의 배에 손을 대고 그대로 가만히 있었다.

그녀는 독고지연과 소진의 중간 정도의 가녀린 몸매를 지니고 있다.

그에게서 고른 숨소리가 나는 것으로 미루어 잠이 들고 있는 중인 것 같았다.

'꿈이 아니야.'

지금 이 상황이 최상이라고 여기고 더 이상의 그 무엇을 바라지 않은 막사는 눈을 감지 않고 속으로 중얼거렸다.

눈을 감으면 지금 상황이 꿈처럼 느껴지고 그러다가 다시 한 번 눈을 뜨면 그 꿈이 깨질 것만 같았다.

쏴아아!

묵직하게 나아가고 있는 배는 전혀 흔들리지 않아서 멈춰 있는 것 같았으나 물살을 가르는 소리로 인해 배가 나아가고 있다는 것을 알 수 있다.

등 쪽으로 도무탄의 따스한 체온이 느껴진다. 그 무엇과도 비교할 수 없는 포근함이다.

그러면서 내가 무엇 때문에 이 사람을 사랑하게 되었는지 문득 원론적인 의문이 들었다. 그러나 그 의문은 떠오를 때보다 더 빠르게 사라졌다.

이 사람이니까 사랑할 수밖에 없는 것이라는 답이 곧 떠올랐기 때문이다.

사랑에는 이유가 있을 수 없다는 것을 그때 깨달았다. 그리고 사랑에는 목적도 없다.

활짝 열어놓은 창밖의 밤하늘에 은가루를 뿌려놓은 것 같은 무수히 많은 별이 보인다.

그동안 무심히 봐오던 뭇별이 오늘 밤은 무엇보다도 찬란하고 아름다웠다.

막사는 태어나서 가장 편안한 느낌으로 잠이 들었다. 항상 꾸는 악몽 대신 이날은 달콤한 꿈을 꾸었다.

이른 아침에 다락에 올라와 본 독고지연은 도무탄이 활짝 열어놓은 창 앞에 옆으로 누운 채 웅크리고 잠들어 있는 모습을 보고는 실소를 흘렸다.

약간 떨어진 곳에서는 막사가 앉아서 무릎에 뺨을 묻은 채 잠들어 있다.

한쪽 구석에 술병과 요리 접시가 가지런히 치워져 있는 것을 보고 독고지연은 도무탄이 지난밤의 연회 후 이곳에 올라와서 술을 마시다가 잠이 들었고 막사가 그를 호위한 것이라고 추측했다.

그녀의 추측은 중요하지 않은 자잘한 것 한두 가지만 빼고는 대체로 정확했다.

도무탄과 막사가 단둘이서 술을 마셨다는 것, 그리고 거의 밤새도록 막사가 도무탄 품에서 잤다는 사실까지는 알지 못했다.

설혹 그런 사실을 안다고 해도 독고지연으로서는 그다지 기분 나쁠 일도 아니다.

막사는 새벽에 잠에서 깨어 도무탄의 품에서 빠져나와 지금의 자리에서 호위무사로서의 본분을 다하려고 노력했다.

그녀는 처음 도무탄의 품에 안겼을 때 어느새 잠이 든 줄도 모르고 한 시진 정도 잠을 푹 잤다.

지금까지 살아오면서 그렇게 달콤하고 깊은 잠을 자보기는 처음인 것 같았다.

최강의 절대자에게, 그리고 사랑하는 사람의 보호를 받으면서 자고 있다는 기분이었기에 가능한 일이다.

물론 지금 막사는 깨어 있다. 세운 무릎 위에 뺨을 대고 도무탄을 응시하고 있다가 누군가 계단을 올라오는 소리가 나자 눈을 감은 것이다.

"여보."

"음……."

독고지연은 무릎을 꿇고 앉아서 도무탄의 머리를 부드럽게 안으며 그를 깨웠다.

"그만 일어나서 방에 가서 주무세요."

"어… 그래."

도무탄은 일어나 독고지연의 부축을 받으며 다락에서 내

려왔다. 그는 이곳에 막사가 있다는 사실도 모르고 있는 것 같았다.

아니, 어쩌면 지난밤에 그녀와 술을 마시고 또 그녀를 안고 잤다는 사실조차 기억하지 못할지도 모른다.

무릎에 뺨을 댄 채 꼼짝도 하지 않고 눈을 감고 있는 막사는 두 사람이 계단을 내려가는 소리를 들으며 소리 없이 눈물을 흘렸다.

*   *   *

찌는 듯이 무더운 한여름 대낮에 도무탄 일행이 탄 상선은 경항대운하의 북쪽 종착지인 통현포구에 도착했다.

포구에는 장장 만여 리에 달하는 대운하를 달려온 수백 척의 크고 작은 배가 정박해 있었는데 대부분이 긴 여정을 떠난 터라 대단히 혼잡했다.

도무탄 일행이 탄 상선은 포구의 길잡이 도선(導船)의 안내로 가장 좋은 장소에 정박했다.

도선은 도무탄의 상선이 오기를 반 시진 전부터 기다리고 있었는데, 사실은 무영검가 사람들이 이곳에 와서 손을 썼기 때문이다.

손을 쓴다고 해서 돈을 주거나 한 것은 아니다. 무영검가는 북경성의 명문대파이므로 포구의 최고 우두머리에게 그저 넌지시 말 한마디만 하면 그것으로 만사형통이다.

일전에 먼저 무영검가로 돌아갔던 무영이대주는 가주와 원로들에게 도무탄과 독고지연의 관계에 대해서 자세히 설명했다.

이후 소림사에서의 도무탄에 대한 소문은 수천 리나 떨어진 북경성에서도 손에 잡힐 듯이 자세하게 알 수 있었다.

그가 소림사에 단신으로 들어갔다가 소림 장문인과 소림 장로 등 백여 명의 소림 제자를 죽이고 제압되어 천불갱에 감금되었다는 소문은 모르는 사람이 없다.

이후 그가 천불갱에서 탈출했다는 소문은 온 천하를 뒤흔들었으며 수많은 사람을 환호하게 만들었다.

독고기상은 얼마 전 개방 제자들에게 쫓기던 산동성 임청현이란 곳에서 북경성으로 전서구를 띄웠다.

임청현에는 무림오가 중 하나이며 하북의 명문세가인 뇌전팽가(雷電彭家)의 분타가 있는데, 그 분타의 전서구를 이용하여 한 가지 소식을 무영검가에 전한 것이다.

하북팽가, 혹은 뇌전팽가라고도 불리는 이 명문세가는 세력이 막강하여 하북성이나 산동성, 심지어 하남성과 강소성에까지 지부와 분타를 두고 있는데 그 수가 자그마치 오십여 곳에 이르렀다.

북경성에는 무림오가 중에 두 명문세가가 있는데 무영검 가와 뇌전팽가이다.

하나의 산에 두 마리 호랑이가 있으면 반드시 싸운다는 옛 날 속담도 북경성에서만큼은 적용되지 않았다.

왜냐면 북경성의 두 마리 호랑이 무영검가와 뇌전팽가는 네 것 내 것 따지지 않을 정도로 간담상조(肝膽相照)하는 사이 이기 때문이다.

독고기상은 뇌전팽가 임청분타의 전서구를 빌려서 자신들 이 북경성에 도착하는 날짜를 알렸다.

그렇게 하면 북경성의 뇌전팽가에서 전서구를 받아 무영 검가에 알려줄 것이다.

도무탄 일행은 배에서 포구로 연결된 긴 발판 위를 걸어서 포구로 하선했다.

독고기상이 당당하게 앞장을 서고 도무탄과 독고지연, 그 리고 독고은한이 그 뒤를 따랐으며, 나머지 일행이 줄지어서 내렸다.

포구에서 기다리고 있는 무영검가 사람은 도무탄하고도 친숙한 무영이대주였다.

그는 다섯 명의 수하와 서 있다가 독고기상과 도무탄, 독고 자매 등이 하선하자 포권을 했다.

"어서 오십시오. 원로에 노고가 많았습니다."

북경성에서 가까운 이곳 통현은 무영검가와 뇌전팽가의 세력권 한복판이라서 만약 소림사와 사대문파의 추살대가 이곳에서 도무탄을 제압하거나 죽이려고 한다면 충돌을 각오해야 할 것이다.

무림추살대가 제아무리 무소불위의 권한을 지니고 있다고 해도 남의 집 앞마당에서까지 제 집처럼 함부로 행동할 수는 없다.

반면에 아무리 북경성이라고 해도 무영검가가 보란 듯이 대대적으로 도무탄을 영접하고 환영할 수는 없다.

될 수 있으면 도무탄이 무림추살대나 다른 사람들 눈에 띄지 않는 편이 좋다. 불필요한 분쟁을 일부러 불러일으킬 필요는 없었다.

그래서 그를 맞이하려고 무영이대주가 몇 명의 수하만 이끌고 조촐하게 나온 것이다.

무영이대주는 도무탄이 가까이 다가오자 감회 어린 표정을 감추지 못했다.

그가 태원성에서 일행과 헤어질 당시 도무탄은 그저 해룡방주로서 돈 많은 부호에 소림사 십팔복호호법에게 쫓기는 신세였을 뿐이다.

그렇지만 지금 무영이대주가 다시 만난 그는 쟁투십오급

의 세 번째 등급인 초하급의 초절고수가 되었으며, 당금 무림에 쩌렁하게 위명을 떨치고 있는 등룡신권으로 훌륭하게 변모해 있다.

"도 대협(大俠), 그간 별고 없으셨습니까?"

대쪽 같은 성격인 무영이대주의 입에서 '대협' 이란 호칭이 스스럼없이 튀어나왔다.

초하급이나 되는 초절고수 등룡신권을 예전처럼 '도 상공' 이라고 부를 수는 없기 때문이다.

지금의 도무탄은 대협 소리를 들을 만한 자격이 충분했다. 그러니 무영이대주가 아닌 다른 사람이라고 해도 그렇게 부를 것이다.

도무탄은 '대협' 이라는 호칭이 어색했으나 미소를 지으면서 무영이대주의 손을 잡았다.

"잘 있었소?"

무영이대주는 처음부터 도무탄의 격의 없고 사내다운 호탕한 성품이 마음에 들었는데, 그가 초하급이 돼서도 겸손한 것을 보고는 적잖이 감격했다.

"마차와 말을 가져왔습니다. 도 대협께선 소저들과 함께 마차에 타시지요."

"그럽시다."

젊은 남자, 그것도 무림인이 마차에 타는 것은 답답해서 달

갑지 않은 일이지만 도무탄은 선선히 응했다. 자신의 모습이 사람들 눈에 띄지 않도록 하려는 무영검가의 조치이기 때문이다.

무영검가는 그의 처갓집이다. 독고지연뿐만 아니라 독고은한까지 두 아내의 가문이기에 조금이라도 누를 끼치는 일은 하지 말아야 했다.

덜걱! 덜거덕!

"답답하죠?"

빠르지 않은 속도로 굴러가는 마차 안에서 독고지연이 도무탄의 다리를 주무르면서 미안하단 표정을 지었다.

두 마리의 말이 끄는 마차 안은 꽤 넓었고 바닥에는 푹신한 호피가 깔려 있지만 바깥을 내다볼 수 있는 양쪽의 조그만 창마저도 꼭 닫아놔서 어두웠다.

몇 군데 틈새로 스며든 햇빛이 그나마 실내를 어슴푸레하게 밝혀주었다.

슥―

"괜찮다."

도무탄은 독고지연에게 다리를 주무르라 맡기고 뒤로 벌렁 누웠다.

그런데 그곳에 독고은한이 앉아 있다가 그의 머리가 닿자 깜짝 놀라서 얼른 옆으로 피하려고 하는 것을 그가 재빨리 손을 뻗어 움직이지 못하게 하고는 그녀의 무릎에 머리를 얹었다.

당황한 독고은한은 본능적으로 동생을 쳐다보았다. 마침 독고지연은 도무탄이 언니의 무릎을 베는 것을 보고 그녀와 눈이 마주치자 방그레 미소 지었다.

독고지연은 도무탄이 언니를 스스럼없이 대하는 것이 좋기만 했다.

또한 언니도 때로는 도가 지나친 듯한 도무탄의 행동을 너그럽게 대해주어서 고마웠다.

"탄 랑, 떨리지 않아요?"

"왜 떨려?"

독고지연의 물음에 도무탄은 눈을 감은 채 태연한 얼굴로 되물었다.

"잠시 후면 천첩의 부모님과 가족들을 두루 만날 텐데 긴장되지 않아요?"

"기대된다."

"네?"

"긴장감은 전혀 없는데 장인어른과 장모님, 큰처남과 큰처형이 어떤 분들인지 기대가 되는구나."

과연 도무탄답게 배포가 두둑하다는 생각에 독고지연은

배시시 웃었다.

"탄 랑이라면 잘해내실 수 있을 거예요."

"처형, 가만히 있지 말고 어깨 좀 주물러 주시오."

도무탄은 능글맞게 굴었다.

독고은한은 어이없다는 표정을 지었고, 독고지연은 언니가 어떻게 하는지 미소를 지으며 바라보았다.

"어깨 말고 다른 곳을 주물러 드릴게요."

"좋도록 하시오."

슥—

독고은한은 두 손을 뻗어 도무탄의 양쪽 귀를 세게 잡아당겼다.

"끄아악!"

도무탄은 눈을 번쩍 뜨며 비명을 질렀다.

"처형, 날 죽일 셈이오?"

"얄미운 사람은 죽어도 싸요."

"아하하하하!"

독고지연은 배를 움켜잡고 자지러지게 웃었다.

북경성 한복판에 위치한 무영검가의 전문 안으로 도무탄 일행이 줄지어서 들어갔다.

마차는 두 대다. 한 대에는 도무탄과 독고 자매가 탔으며,

뒤의 마차에는 한매선과 소진, 보화와 세 아이가 탔고 다른 사람들은 모두 말을 탔다.

독고기상과 무영이대주, 그리고 다섯 명의 무영검수가 앞서고, 두 대의 마차 뒤에는 궁효와 해룡야사, 소화랑이 말을 타고 기세등등하게 따랐다.

궁효 등 네 명은 북경성 대로를 행진하면서도, 그리고 무영검가에 들어가면서도 자신들의 상전인 도무탄을 닮아서인지 당당하기 짝이 없었다.

일행은 무영검가에 들어선 후에도 멈추지 않고 계속 깊숙이 진입하여 이윽고 내전(內殿)에 이르러 정지했다.

무영검가는 크게 둘로 구분되는데, 달걀노른자처럼 한가운데 위치한 내전에는 가주의 가족과 친지들이 거주하고 있으며, 전각 수가 십여 채에 달했다.

그리고 가족과 친지의 수는 오십여 명에 달한다. 그들이 무영검가의 뼈대를 이루고 있다.

그리고 외전(外殿) 사십여 채의 전각에는 가주의 가족과 친지를 제외한 전체 무영검수들이 집무를 보거나 무공연마도 하며 거주하고 있다.

도무탄 일행이 멈춘 곳은 가주 내외가 거주하는 군영전(群影殿)이다.

삼 층의 거대한 규모를 자랑하는 전각으로 대전 입구 돌계단 아래에 일남일녀가 먼저 나와 나란히 서서 도무탄 일행을 기다리고 있었다.

독고기상과 무영이대주, 궁효 등이 모두 말에서 내리고 나자 마차 문이 열렸다.

척—

두 대의 마차에서 도무탄 등과 한매선 등이 내려 주위를 둘러보았다.

"큰오라버니! 큰언니!"

막내인 독고지연이 돌계단 아래에 나란히 서 있는 일남일녀를 발견하고는 반갑게 외치며 달려갔다.

"어허!"

그런데 큰언니인 이십삼 세의 독고예상(獨孤霓祥)이 엄한 표정을 지으며 가볍게 발을 굴렀다.

지금은 엄숙한 상황이니 평소처럼 철없이 행동하지 말라는 장녀의 경고다.

그러나 독고지연은 방향을 틀어 큰오빠 독고용강(獨孤勇康)에게 달려가 와락 안겼다.

"큰오라버니! 보고 싶었어요!"

"어이쿠! 인석아!"

떡 벌어진 체격에 까칠까칠한 짧은 수염을 기른 독고용강은 용맹함과 호탕함으로 따지자면 무영검가에서 따를 자가 없다.

하지만 그에게도 한 가지 치명적인 약점이 있었으니, 그것은 네 동생을 그들을 낳아주고 길러준 부모보다도 더 사랑한다는 것이다.

독고용강은 자신에게 안긴 독고지연의 등을 두드려 주면서 환하게 웃었다.

"연아, 내가 널 얼마나 걱정했는지 아느냐?"

독고지연은 그의 품에서 벗어나 큰오빠의 까칠한 수염을 매만지면서 방글방글 웃었다.

"소매에겐 천하제일의 호위무사가 있으니까 걱정 같은 것은 하지 마세요."

그녀는 쪼르르 도무탄에게 되돌아가서 그의 품에 반쯤 안긴 듯한 자세를 취했다.

"이분이 바로 소매의 호위무사이자 낭군이신 도무탄 님이랍니다."

순간 독고용강과 독고예상의 시선이 일제히 도무탄에게 집중되더니 예리하게 그의 전신을 살폈다.

도무탄은 독고지연을 떼어내고 큰 걸음으로 성큼성큼 걸어가서 두 사람의 세 걸음 앞에 멈추고는 포권하며 정중히 고개를 숙였다.

"소제 도무탄이 두 분께 인사드립니다."

독고용강은 고개를 든 도무탄을 가까이에서 보고는 첫눈에 그가 마음에 쏙 들었다.

독고용강은 자신이 사람 보는 눈이 꽤나 맵다고 자신하고 있는데, 그 매운 안목에 의하면 도무탄은 흠 잡을 데 없는 만점의 청년이다.

후리후리하게 큰 키에 딱 벌어진 당당한 체구와 준수한 용모, 청아하면서도 굵은 음성, 사악함이라고는 찾아볼 수 없는 맑은 눈빛, 서글서글한 미소, 그리고 그에게서 풍기는 고아한 분위기 등이 독고용강을 단번에 매료시켰다.

그는 도무탄에게 미소를 지으며 포권했다.

"나는 이 집의 장남 독고용강일세."

"큰형님이시군요."

"큰형님… 그렇다네."

독고용강은 도무탄이 스스럼없이 '큰형님'이라고 부르자 벌쭉 환하게 미소 지었다.

독고기상과 독고은한이 다가와서 독고용강하고 한바탕 반가운 인사를 나누었다.

그동안 독고예상은 한 옆에 우뚝 서서 냉랭한 표정을 짓고 있다.

독고기상과 독고은한은 잠시 시간을 두었다가 독고용강에게 인사를 하고 나서 독고예상에게 가서 인사를 하는데 그녀

는 대꾸도 하지 않고 건성으로 고개만 끄떡이는데 뭔가 못마
땅한 표정이다.

그런데도 독고 씨 사 남매는 독고예상이 그러는 데에는
별로 이상하게 생각하지도 신경도 쓰지 않고 그러려니 했
다.

그녀가 워낙 차갑고 철두철미하며 살가운 잔정이 없는 성
격이라는 사실을 잘 알기 때문이다.

그녀는 장차 무영검가의 사위가 될 도무탄이 처음으로 무
영검가에 왔으니 격식을 갖춰서 그를 맞이해야 무영검가의
위엄을 손상시키지 않을 것이라고 생각했으나 일은 그녀가
뜻한 대로 흘러가지 않았다. 동생들이 엄숙함을 흐리고 있는
것이 못마땅한 것이다.

"자, 오래전부터 부모님과 가문의 어르신들께서 기다리고
계시니 안으로 들어가세."

독고용강이 환하게 웃으면서 모두에게 말하고 나서 먼저
돌계단을 올라갔다.

"언니, 들어가요."

독고은한이 독고예상에게 들어가자고 종용했으나 그녀는
요지부동으로 얼굴만 찌푸리고 있다.

독고예상은 두 여동생의 미모에 결코 뒤지지 않는 절세적
인 미모다.

독고가의 세 딸은 한 사람 한 사람 경국경성의 미모를 지니고 있다.

그러나 독고예상은 언제나 차가운 표정을 짓고 있어서 그런지 미모가 드러나지 않았다.

그녀의 첫인상은 아름답다기보다는 얼음처럼 차갑다는 느낌이 훨씬 강했다.

"언니."

다들 돌계단을 올라가자 이번에는 독고은한이 언니의 손을 잡고 끌었다.

탁!

그러나 독고예상은 독고은한의 손을 뿌리치고 반대쪽으로 고개를 돌려 외면했다.

도무탄은 거절당한 독고은한이 어색한 표정을 짓는 것을 보고는 다가가서 자연스레 그녀의 허리에 팔을 두르고 돌계단 쪽으로 인도했다.

"큰처형은 내가 모시고 갈 테니 먼저 가시오."

그때 독고예상은 도무탄이 팔을 독고은한의 허리에 두른 것을 보고는 상큼 아미를 치켜떴다.

처형을 어려워할 줄 모르는 그의 경솔함에 또다시 기분이 상한 것이다.

도무탄은 독고예상이 못마땅하게 생각하는 것도 모르고

그녀 앞에 서서 미소 지으며 돌계단 쪽을 가리켰다.

"큰처형, 가시죠."

그러나 독고예상은 쳐다보지도 않고 얼음장 같은 얼굴을 반대편으로 돌리고 있다.

도무탄은 그녀의 팔을 잡으려고 손을 뻗으며 부드러운 미소를 지었다.

"이러지 마시고 어서 가시죠, 큰처형."

"어딜 감히!"

휘익!

도무탄의 손이 팔을 잡으려는 순간 그녀의 오른손이 번쩍 허공을 갈랐다.

짜악!

경쾌한 음향에 모두의 동작이 한순간 정지하면서 도무탄에게 집중됐다.

세차게 뺨을 얻어맞은 도무탄은 우두커니 서 있고, 독고예상은 움찔하는 표정이며, 독고 사 남매의 얼굴이 동시에 굳었다.

차창!

그 순간 궁효와 해룡야사, 소화랑이 동시에 무기를 뽑으며 독고예상에게 짓쳐갔다. 대형이 맞자 물불 가리지 않고 공격하는 것이다.

슥―

　도무탄이 손을 들자 독고예상을 공격하려던 궁효 등은 일제히 동작을 멈추고 뒤로 물러섰다.

　장내에 경직되고도 냉랭한 기류가 흐른다. 대범한 성격의 독고용강이라지만 여동생이 손님의 뺨을 때릴 줄은 예상하지 못했기에 당황해서 어쩔 줄을 몰라 했다.

　독고지연과 독고은한은 놀라면서도 불쾌한 기색이 역력했다. 그녀들에게 도무탄은 남편이기에 독고예상의 행동이 크게 못마땅했다. 그리고 독고기상 역시 돌덩이처럼 얼굴이 굳어 있다.

　그러나 제일 놀란 사람은 독고예상 자신이다. 그녀는 대수롭지 않게 휘두른 손에 초절고수인 도무탄이 뺨을 얻어맞을 것이라고는 추호도 예상하지 못했다.

　그걸 보고 그녀는 도무탄이 자신에게 추호도 적의가 없으며 무방비 상태였다는 사실을 깨달았다. 즉, 그는 호위로 대했는데 자신은 악의로써 대한 것이다.

　독고지연은 당장에라도 출수할 듯한 기세로 큰언니를 노려보며 싸늘하게 외쳤다.

　"지금 큰언니가 무슨 짓을 했는지 알아요? 큰언니가 뭔데 이분을 때리는 거예요?"

　도무탄의 왼쪽 뺨은 금세 벌겋게 부어올랐으며 입에서는

가느다란 피가 흘렀다.

사실 그는 충분히 피할 수 있었지만 이런 상황에서는 독고예상에게 한 대 얻어맞아야 일이 수월하게 풀릴 것이라는 생각에 가만히 얻어맞은 것이다. 그리고 상황은 그가 예상한 대로 흘러가는 것 같았다.

"괜찮아요? 어디 좀 봐요."

독고은한은 당황해서 어쩔 줄 몰라 하며 비단 손수건을 꺼내 손수 도무탄의 입가 피를 닦아주었다.

방금 전의 짧은 사건으로 인해 졸지에 독고예상은 죽을죄를 지었고, 도무탄은 한없이 가련한 피해자가 되었다.

"그만."

도무탄은 두 손을 들어 험악한 분위기를 누그러뜨리고는 독고예상에게 한 걸음 다가갔다. 그리고는 조금 전보다 더 예의 바르게 미소를 지으며 말했다.

"큰처형, 들어가시죠."

독고예상은 착잡한 표정으로 도무탄을 바라보다가 갑자기 코웃음을 치며 돌계단 위로 뛰어 올라갔다.

"흥!"

한바탕 작은 소동이 있었으나 도무탄은 모두를 진정시켜 다독이고는 대전 안으로 들어섰다.

넓은 대전 안쪽의 단상에 무영검가 가주 부부가 나란히 앉아 있다.

그리고 단하의 양쪽에는 각 다섯 명씩 열 명의 독고가 친지가 앉아 있는데 그들은 독고가의 원로다.

저벅저벅.

도무탄은 모두의 시선을 받으면서 성큼성큼 걸어 들어가 단하에 가주 부부를 마주 보고 멈춰 섰다.

도무탄 좌우에는 독고지연과 독고은한, 독고기상이 나란히 섰고 뒤에는 한매선과 궁효 등이 도열했다.

좌중은 바늘 하나 떨어지는 소리도 크게 들릴 정도로 고요했다.

모두의 시선은 도무탄 한 사람에게만 집중된 상태에서 시간이 흘렀다.

독고가 사람들이 도무탄, 즉 새로운 가족에 대해서 탐색하는 시간이라서 도무탄을 비롯하여 그와 함께 온 일행은 긴장된 표정으로 기다렸다.

그러나 한편으로 독고지연과 독고은한, 독고기상은 의기양양한 표정을 감추지 못했다.

도무탄이 외모로나 실속으로나 흠 잡을 데 없는 청년이라서 무영검가의 사위로는 넘칠지언정 부족함이 없다고 생각하기 때문이다.

독고지연은 '이렇게 멋진 사내가 내 남편이에요' 라는 표정을 짓고 있다.

독고은한은 '지금 당장은 말할 수 없지만 이 훌륭한 청년이 제 남편이기도 하지요' 라는 복잡한 표정이다.

독고기상은 '제가 이 청년을 연아의 남편으로 인정했습니다' 라는 흐뭇한 표정이다.

이윽고 도무탄이 단상의 가주 부부를 향해 두 손을 맞잡아 포권하며 허리를 굽혔다.

"도무탄이 장인어른과 장모님, 그리고 여러 어르신을 뵈옵니다."

"흠……."

"음……."

그러자 여기저기에서 나직한 감탄 섞인 신음 소리가 새어 나왔다.

모두들 도무탄의 외모와 기개에 심취해 있다가 그의 말에 상념에서 깨어난 것이다.

"어서 오게. 먼 길에 고생이 많았네."

무영검가주 무영검협(無影劍俠) 독고우현(獨孤于賢)이 한 손을 들면서 온화하게 미소 지었다.

"올라와서 앉게."

독고우현이 단상의 빈자리를 가리켰다. 단상 가주 부부의 자리 양옆에는 빈 의자가 죽 늘어서 있는데 모두 여섯 개로 오 남매와 도무탄의 자리다.

"아버님, 어머님, 소자들의 인사를 받으세요."

독고기상과 독고지연, 독고은한이 나란히 서서 부모님을 향해 공손히 허리를 굽혔다.

"어머니."

이어서 독고지연과 독고은한이 나비처럼 팔랑거리며 뛰어가 모친의 품에 안겼다.

"고생했구나. 어디 아픈 곳은 없느냐?"

"보고 싶었어요, 어머니."

그녀는 두 딸을 양쪽으로 안고 번갈아 얼굴을 쓰다듬으며 눈물을 글썽거렸다.

그녀는 사십 대 중반의 나이인데 세 딸의 절세적인 미모가 모친에게서 물려받았다는 사실을 한눈에 알아볼 수 있을 정도로 대단한 미모의 소유자였다.

더구나 사십 대 중반의 나이인데 외모는 삼십 대 중반쯤으로 보일 만큼 젊어 보였다.

독고 남매를 따라서 단상에 올라온 도무탄이 어디에 앉아야 할지 몰라 우두커니 서 있자 부친 독고우현이 자신의 옆 의자를 가리켰다.

"자넨 여기에 앉게."

"고맙습니다, 아버님."

도무탄은 공손히 고개를 숙여 감사의 인사를 한 후 자리에
앉았다.

第五十二章

야망에 대하여

가주의 가족이 모두 단상에 자리를 잡았다. 도무탄과 독고지연이 가주 독고우현 오른쪽에, 그 옆에 독고용강과 독고기상이 앉았다.

그리고 모친 난하영(蘭霞英)의 옆으로는 독고예상과 독고은한이 앉았다.

그런 자리 배치로 미루어 봤을 때 평상시에는 가주 옆에 두 아들이, 모친 옆에는 세 딸이 앉는 것 같았다. 오늘은 특별한 날이기에 도무탄과 독고지연을 가주 옆에 앉도록 한 모양이다.

그리고 한매선과 궁효 등은 도무탄의 뒤쪽에 일렬로 죽 늘어서 있다.

"여러분."

이윽고 독고우현이 점잖은 목소리로 운을 떼자 모두들 그를 주시했다.

키가 약간 크고 어깨가 넓으며 부리부리한 눈을 지닌 호걸풍의 독고우현은 자신의 오른쪽에 앉아 있는 도무탄을 가리켰다.

"이 젊은이의 말을 들어봅시다."

도무탄은 아직 독고지연과 정식으로 혼인식을 올리지 않았으므로 독고가의 사위는 아니다.

하나 그가 독고지연하고 육체적으로 한 몸이 됐다는 사실은 독고가 사람은 다 알고 있다.

그렇다고 해서 사위가 됐다고는 할 수가 없었다. 독고가 사람들이 그를 인정하고 그래서 정식 혼인식을 치러야만 사위가 되는 것이다.

모든 걸 떠나서 도무탄 한 사람만 놓고 봤을 때는 나무랄 데 없는 사윗감이다.

그렇지만 문제는 소림사가 그에게 무림추살령을 발동했다는 사실에 있다.

이런 상황에서 여타 무림의 명문세가라면 백이면 백 그를 문전박대할 것이 분명하다.

무림추살령의 표적인 그와 어떤 상태로든 가까이한다는 것은 소림사를 비롯한 구대문파의 적이 되는 것을 자처하는 일이기 때문이다.

그런데도 무영검가는 그런 것을 개의치 않고 일단 그를 문파 안으로 들어오게 했다.

그것만 보더라도 무영검가가 무림의 여타 명문세가들하고는 현격하게 격이 다르다고 할 수 있었다.

도무탄을 사위로 받아들이면 무영검가는 소림사를 적으로 두게 된다.

소림사는 무영검가에게 경고를 하지 않았으나 그 침묵은 오히려 경고보다 더 무섭다.

무영검가가 도무탄을 받아들이는 것은 무영검가의 존폐가 달린 막중한 사안이다. 무영검가의 육백여 가솔의 생사가 걸린 문제인 것이다.

독고가의 사람들이 결정적으로 도무탄을 높이 평가한 사건이 있었다.

그것은 바로 그가 혼자서 당당하게 소림사에 걸어 들어갔다는 사실이다.

무영검가에게 향한 소림사의 창끝을 어떻게 해서든지 자신에게 향하게 하여 누를 끼치지 않으려는 그의 숭고한 희생

정신이 독고가 사람들의 마음을 크게 움직였다.

그것이 그를 문전박대하지 않은 가장 큰 이유이다. 그는 그만한 대접을 받을 자격이 충분했다.

도무탄은 자리에서 일어나 두 걸음 앞으로 걸어 나가 좌우를 향해 두루 정중하게 포권을 해 보였다.

"도무탄입니다."

모두들 당금 무림에 쩌렁쩌렁한 소문, 즉 그가 천신권의 권혼을 물려받아 천하오룡의 한 명이 되어 쟁투십오급의 초하급이 됐다는 것, 그리고 천하가 그에게 등룡신권이라는 별호를 헌상했다는 사실을 잘 알고 있다.

그렇지만 지금의 그는 무영검가라는 이름의 도마 위에 올라 있는 한 마리 물고기일 뿐이다.

"우선 제 목표를 말씀드리겠습니다."

이 자리에서는 어떻게 해서든지 모두에게 잘 보이고 또 모두를 설득해서 난관을 통과하는 것이 관건이다. 그런데 그가 뜬금없이 자신의 목표를 말하겠다고 하자 다들 의아한 표정을 지었다.

그러나 도무탄을 익히 알고 있는 독고지연과 독고은한, 그리고 독고기상은 긴장을 하고 있는 중에도 빙그레 미소를 지었다.

그가 무슨 말을 할지는 모르겠지만 타의 추종을 불허하

는 그의 배짱과 용기, 추진력이라면 독고가 사람들을 설득하는 것쯤은 충분할 것이라고 믿었다. 그가 지금까지 보여준 행동이 바로 그랬다.

도무탄은 당당하게 우뚝 서서 손가락 두 개를 펴 보이며 나직하지만 웅혼한 목소리로 말했다.

"제가 서북 변방 태원성에서 중원으로 나온 목적은 두 가지입니다."

모두의 시선을 받으면서 그는 맑은 정광이 흘러나오는 눈빛으로 손가락을 하나씩 꼽았다.

"하나는 천하제일의 부자가 되겠다는 것이고, 또 하나는 무림에서 최고수가 되겠다는 것입니다."

그렇게 말하는 그의 모습은 전혀 긴장하거나 과장된 모습이 아니었다.

어찌 보면 세상물정 모르는 철부지 같기도 하고, 또 달리 보면 자신만만하게 보이기도 했다. 독고가 사람들은 그를 후자 쪽으로 보았다.

"하나만 더 말씀드리겠습니다."

그는 천천히 좌중을 둘러보고는 진중하게 입을 열었다.

"그 목표를 독고가의 가족으로서 달성하고 싶습니다."

여기저기에서 나직한 탄성과 한숨 소리가 흘러나왔다.

실내의 모든 사람은 감탄을 하거나 벅찬 표정을 지을지언정 도무탄을 비웃는 사람은 없었다.

도무탄의 말인즉, 독고가의 사람이 되어 천하제일의 부자와 무림 최고수가 되겠다는 것이다.

그 말을 액면 그대로 받아들이면 얼마나 가슴이 뛰고 흥분되는 일인가.

그리되기만 하면 무영검가는 천하제일의 문파, 즉 천하제일문(天下第一門)이 되는 것이다.

그리고 이곳 독고가의 사람들은 모두 그의 말을 액면 그대로 받아들이려고 애썼다.

그것은 독고가 사람들이 전혀 세속에 물들었거나 비뚤어지지 않았다는 증거이다.

그것만 봐도 무영검가가 얼마나 정의로운 가문인지 짐작할 수 있었다.

독고예상을 제외한 독고가의 사 남매는 도무탄의 말에 크게 고무되어 흥분을 감추지 못했다.

그의 포부에 대해서 진작부터 알고 있던 독고지연이나 독고은한, 독고기상은 물론이고 그 말을 처음 듣는 장남 독고용강은 기혈이 끓는 듯 콧김을 내뿜으면서 주먹을 쥐었다 폈다 어쩔 줄을 몰라 했다.

"자신 있어요?"

그때 아무도 예상하지 못한 사람이 불쑥 물었다. 지독한 냉

혈녀라서 별호조차도 북빙한검(北氷寒劍)이라고 불리는 독고예상이다.

하지만 그녀의 목소리는 빈정거리거나 꼬투리를 잡으려는 의도가 아닌 것이 분명했다. 그런 점에서 그녀도 독고가의 정의로운 여식이다.

도무탄의 그리 길지 않은 말, 아니, 당찬 야망은 이 얼음 덩어리로 만들어졌다는 여자마저도 적잖이 가슴 뛰게 하여 결국은 그렇게 묻도록 만들었다.

도무탄은 질문을 한 독고예상을 돌아보지 않고 좌중의 모두에게 대답했다.

"자신 있습니다."

도무탄의 말대로만 된다면 무영검가로서는 그보다 더 좋은 일이 없다.

가주의 막내 사위가 천하제일부호에 무림 최고수가 된다면 대저 무엇이 부럽겠는가.

"발등에 떨어진 불은 어떻게 할 셈인가?"

그때 좌중의 누군가가 점잖은 목소리로 물었다. 그것은 모두가 묻고 싶은 질문이기도 하다.

즉, 소림사를 위시한 오대문파가 발동한 무림추살령은 어쩌겠느냐는 뜻이다.

도무탄은 대부분의 사람이 자신의 야망에 대해서 설명할

때 통상적으로 사용하는 과장된 손짓이나 고갯짓, 표정 따위를 일체 쓰지 않았다.

핵심은 말의 내용에 있으므로 그것을 보조하는 어떠한 행동이나 몸짓은 필요하지 않다는 뜻이다.

그는 단지 두 팔을 늘어뜨린 채 우뚝 서서 경직되지도 그렇다고 건들거리지도 않고 여유 있는 모습으로 말했다. 그 모습이 모두에게 좋은 반향을 불러일으켰다. 그것은 그들 역시 과장된 몸짓에 현혹되지 않는 깨끗한 시선을 갖고 있다는 뜻이기도 했다.

"저에게 계획이 있습니다."

"그 계획이란 것을 말해주겠나?"

도무탄은 낙양을 떠나 여기까지 오는 동안 권혼심결만 연마한 것이 아니라 자신에게 처한 상황을 어떻게 헤쳐 나갈 것인지에 대해서도 궁리해 두었다.

그는 가주 독고우현을 향해 돌아서서 미소를 지으며 공손하게 제의했다.

"아버님, 이런 대화는 술을 한잔하시면서 나누는 게 화기애애하지 않겠습니까?"

"저… 저……."

독고우현이 뭐라고 대답하기도 전에 장남 독고용강이 도무탄을 가리키는데 그의 얼굴에는 손바닥으로 무릎을 치거나 박장대소를 하고 싶은데 자리가 자리니만큼 간신히 참고 있는 듯한 표정이다.

도무탄은 의아한 표정으로 독고용강에게 물었다.

"왜 그러십니까, 큰형님? 혹시 무영검가에 금주(禁酒)하는 규칙이라도 있습니까?"

천성적으로 호호탕탕한 독고용강은 더 이상 참지 못하고 벌떡 일어나서 두 손으로 도무탄의 양쪽 어깨를 덥석 잡으며 명랑하게 웃었다.

"핫핫핫핫! 본가에서 금주를 가규(家規)로 정했다면 나는 이미 오래전에 파문당했을 게야!"

무영검가에서 알아주는 주당(酒黨)인 그는 도무탄의 어깨에 팔을 걸치고 부친을 바라보며 껄껄 웃었다.

"왓핫핫핫! 아버님, 이 친구, 한마디로 물건입니다! 저는 이 친구가 아주 딱 마음에 듭니다!"

독고우현은 엷은 미소를 지으며 고개를 끄떡이고는 모두를 둘러보면서 물었다.

"여러분 의견은 어떠시오?"

짝짝짝!

그러자 도무탄을 제외한 모든 사람이 갑자기 손뼉을 세 번 치자 큰 소리가 실내를 쩡쩡 울렸다.

독고용강은 도무탄이 예뻐 죽겠다는 듯 그의 어깨를 안은 팔에 힘을 주며 웃었다.

"박수 세 번은 찬성일세."

"반대는 어떻게 몇 번 칩니까?"

"안 쳐."

주방에서 연회에 필요한 요리를 준비하는 동안 사람들은 차를 마시면서 담소를 나누고 있었다.

그때 무영검수 한 명이 대전 안으로 달려 들어오더니 도무탄을 가리키면서 독고우현에게 보고했다.

"사부님, 저분의 수하들이 수레를 끌고 왔는데 어떻게 하면 좋겠습니까?"

그는 독고우현의 열 명의 제자 중 맏이로 대제자(大弟子)였다.

내전에는 가주와 장로 등 원로들의 제자만 출입할 수 있으며 그들이 내전에 거주하는 독고가 사람들의 시중을 들거나 경호를 서고 있다.

"그러면 들어오게 해야지 무엇 때문에 그러느냐?"

독고우현의 말에 대제자 윤성(閏星)은 난감한 표정으로 대답했다.

"수레가 한두 대가 아닙니다."

"몇 대나 되느냐?"

"그게… 백여 대는 되는 것 같습니다."

독고우현이 자신을 쳐다보자 도무탄은 해맑게 미소 지으며 설명했다.

"필요한 짐을 좀 가져왔습니다."

도무탄 일행이 타고 온 상선의 해룡방 외상단 수하들은 수레 백여 대를 빌려서 짐을 무영검가의 외전 연무장 마당에 쌓아놓고 배로 돌아갔다.

도무탄과 독고가의 사람들이 모두 연무장으로 나왔다. 도무탄과 함께 상선을 타고 온 사람들을 제외한 독고가의 모든 사람은 작은 산처럼 쌓여 있는 짐을 보고 놀라고 또 어리둥절했다.

"이게 뭔가?"

"빈 배로 오는 게 뭣해서 물건을 좀 싣고 왔습니다."

독고용강이 어리둥절한 얼굴로 묻자 도무탄이 빙그레 미소를 지으며 별거 아니라는 듯 대답하고 나서 한매선에게 설명하도록 했다.

"누님, 어떤 것들이지요?"

"이쪽 것은 비단과 무명, 사향, 웅담, 우황, 녹각, 건육, 어포, 각 지방의 특산물이고, 이쪽은 돈입니다."

한매선은 왼쪽 짐과 오른쪽 짐을 번갈아 가리켰다.

독고용강은 고개를 끄떡였다.

"흠. 북경성에서 장사를 하려는 게로군."

"아닙니다. 약소하지만 소제의 성의입니다."

독고용강은 움찔했다.

"자네의 성의? 그럼 우리에게 주는 선물이라는 말인가?"

"그렇습니다."

방금 한매선이 설명한 물건들은 하나같이 귀하고 비싸기 짝이 없는 것뿐이다.

그런 게 커다란 상자로 오십여 개나 되니 돈으로 치면 굉장할 것이다.

그들의 대화를 들은 독고우현 부부와 원로들은 크게 놀라며 짐더미와 도무탄을 번갈아 쳐다보았다.

"저, 저것도 선물인가?"

독고용강은 한매선이 돈이라고 설명한 오른쪽 짐을 가리켰다.

그곳에는 검은 쇠로 만든 큼직한 상자가 오십여 개쯤 쌓여있다.

도무탄은 왼쪽 짐 더미를 선물이라고 말한 건데 독고용강이 한발 앞서갔다.

독고지연이 대신 나섰다.

"큰오라버니, 저 돈은 해룡방이 북경성에서 장사를 할 자

본이에요. 배에 놔두면 아무래도 위험해서 이곳으로 옮겨놓
은 거예요."

"아, 그래?"

독고용강은 얼굴을 붉히며 머리를 긁적였다. 그는 돈이 탐
나서가 아니라 그저 궁금해서 물었을 뿐인데 괜히 욕심을 부
린 꼴이 되고 말았다.

도무탄은 아무렇지도 않게 말했다.

"돈이 필요하시다면 큰형님께 드리겠습니다."

"아, 아닐세."

독고용강은 당황해서 손을 휘휘 저었다.

그와 독고가 사람들은 커다란 쇠 상자 오십여 개에 돈이 담
겼으면 도대체 그 액수가 얼마나 될지 계산도 하지 못했다.
이런 돈더미를 생전 처음 보기 때문이다.

어스름 저녁이 되어 군영전에서 연회가 베풀어졌다.

독고가 사람들은 도무탄이 가져온 엄청난 선물에 상당히
흡족해했지만 그보다는 그의 계획이라는 것에 관심이 더 집
중되었다.

원래 독고가에서는 대규모 연회를 연 적이 없는 탓에 자리
배치를 어떻게 하는지부터 우왕좌왕했는데 한매선이 나서서
일사불란하게 처리했다.

군영전 대전 한가운데 탁자 십여 개를 일렬로 길게 붙여서 술과 요리를 차렸다.

그리고 상석에는 독고우현 부부가, 그리고 두 사람의 앞 오른쪽 첫 번째에는 도무탄과 독고지연, 그리고 사 남매와 원로들이 줄지어 앉았다.

연회에는 장남 독고용강의 부인도 모습을 나타냈다. 그녀는 북경성에서 북쪽으로 삼십여 리 떨어진 곳의 창평현(昌平縣) 검풍문(劍風門) 문주의 무남독녀인 능가려(凌佳麗)라고 했다.

검풍문은 무림오가하고는 규모나 명성 면에서 현격하게 차이가 나는 지방의 소문파다. 그러므로 검풍문 소문주 능가려가 무영검가의 장남하고 혼인을 한 일은 검풍문의 자랑으로 여겨지고 있었다.

창평현 인근에는 문파와 방파가 여섯 개 있으며 검풍문은 그들 중에서 말석을 차지할 정도였으나 능가려가 무영검가의 맏며느리가 된 이후 검풍문의 위세가 크게 올라가 아무도 그들을 집적거리지 못하게 되었다.

"제 계획은 이렇습니다."

술이 몇 순배 돌고 난 이후 도무탄이 말문을 열었다. 모두들 그의 계획이 무엇인지 잔뜩 궁금하게 여기는데 괜히 뜸을 들이고 싶지 않았다.

모두의 시선을 한 몸에 받으면서 도무탄은 의연한 얼굴로 말을 이었다.

"무영검가를 소림사에 필적할 만한 세력으로 키우는 것이 가장 좋은 방법입니다."

그의 말은 뜬금없을 정도가 아니라 마른하늘의 날벼락 같은 것이어서 모두들 어리둥절했다.

원로 중에 한 명, 즉 무영칠숙(無影七宿)의 이숙(二宿)이 도무탄을 주시하며 물었다.

"자네 때문에 본가더러 소림사의 적이 되라는 말인가?"

"그렇지 않습니다."

도무탄은 고개를 가로젓고 나서 독고우현을 보며 공손하게 고개를 숙였다.

"지금부터는 이 일에 저라는 사람을 배제하고 순전히 무영검가의 입장에서만 생각해 주십시오."

"알았네."

독고우현은 고개를 끄떡였다.

"아버님께선 평소에 소림사를 어떻게 생각하셨습니까?"

도무탄의 물음에 독고우현은 생각할 것도 없다는 듯 짧게 즉답했다.

"무림의 암(癌)일세."

그의 대답에 단 한 사람 도무탄만 태연했고 그를 제외한 모든 사람이 크게 놀랐다.

그들 중 몇몇 사람은 기이한 외침을 터뜨리거나 탄식을 토하기도 했다.

독고우현은 과묵하고 또한 평소에는 심중에 있는 생각을 여간해서는 겉으로 드러내지 않기 때문에 주위 사람들은 그가 매사에 태평하며 무사안일(無事安逸)한 성격이라고 생각해 왔다.

무영검가의 대소사는 거의 대부분 무영칠숙이 의논해서 결정을 내리고, 그것을 독고우현에게 가져가면 그는 백이면 백 다 허락했다.

그렇지만 사람들은 독고우현을 허수아비 가주라고는 절대로 생각하지 않았다.

오히려 그와는 반대로 독고우현이 가주로 앉아 있는 시기에 무영검가는 그 어느 때보다도 최강의 세력과 명성을 떨치고 있다.

사람들은 그것이 무영칠숙의 공로라고 생각하지 않았다. 무영칠숙은 단지 현명한 가신(家臣)일 뿐이지 가주는 아닌 것이다.

그런데 방금 독고우현이 자신의 심중을 거침없이 드러냈다. 그것도 당금 무림의 최고 문파인 소림사를 '암'이라고 단호하게 짓밟았다.

도무탄은 좌중을 둘러보았다.

"원로님들의 생각은 어떠십니까?"

잠시 침묵이 흘렀다. 무영칠숙과 무영삼보(無影三輔)는 침묵 속에서 서로의 얼굴을 쳐다보았다.

무영칠숙이 무영검가의 장로라면 무영삼보는 무영검가의 전체 살림을 도맡아서 하고 있다.

짝짝짝!

그리고 쨍쨍한 세 번의 박수 소리가 실내를 울렸다. 박수를 세 번 치면 찬성이다.

즉, 독고우현이 '소림사는 암'이라고 말한 것에 대해서 열 명 모두 같은 의견이라는 뜻이다.

독고지연과 독고은한, 독고기상은 몹시 긴장한 표정으로 도무탄을 주시했다.

이들 세 사람은 모두탄이 대체 무엇을 어떻게 하려는 것인지 전혀 모르고 있다.

그래도 그가 옳은 일을 할 것이라고는 굳게 믿고 있다. 그와 여러 달 동안 가까이에서 생활하면서 그가 어떤 사람이라는 것을 잘 알고 있기 때문이다.

무림의 정의로운 청년이라면 소림사를 좋게 보는 사람은 눈을 씻고 찾아봐도 없을 것이다. 그 정도로 소림사는 명성이 땅에 떨어졌고 신뢰를 잃었다.

독고용강도 형제나 또래의 젊은이들끼리 만나서 어쩌다가 소림사 얘기가 나오면 입에서 불을 뿜으며 성토를 한다. 소림사 같은 족속은 지옥으로 떨어져야 한다고 말이다.

그러다가 막내 여동생이 소림사 십팔복호호법의 합공에 다쳐 제압당하고 끝내 납치되어 끌려갔다는 비보를 전해 듣고는 아예 입에서 거품을 토하면서 발광하며 미쳐 버리는 줄 알았다.

그래서 지금 그는 '소림사를 어떻게 생각하느냐'는 도무탄의 말과 '소림사는 암'이라는 부친, 그리고 원로들의 말에 극도로 흥분하고 또 긴장하고 있는 것이다.

"할 수만 있다면 아버님께선 소림사를 무림에서 제명시키시겠습니까?"

"당연하다."

도무탄의 물음에 이번에도 독고우현은 생각할 것도 없다는 듯 짧게 대답했다.

짝짝짝!

열 명 원로의 박수 소리가 세 번 뒤따랐다. 박수 소리의 여운이 실내에 꽤 오랫동안 남았다.

도무탄은 용기를 얻어 목소리에 힘이 들어갔다.

"저의 첫 번째 계획은 우선 무영검가를 동쪽의 맹주로 만드는 것입니다."

도대체가 그의 말은 종잡을 수가 없어서 아무도 그 뜻을 이해하지 못했다.

말이 정말 심오하기 때문인지 아니면 입에서 나오는 대로 지껄이는 것인지 둘 중 하나는 분명했다.

그래도 해룡방주에 등룡신권쯤 되는 사람이 헛소리는 하지 않을 것이라고 믿었다.

"음. 구체적으로 설명해 보게."

독고우현이 고개를 끄떡였다. 도무탄의 말은 처음부터 밑도 끝도 없는 말이라서 자세한 설명 없이는 이해하는 것이 불가능했다.

"소림사와 그에 동조하는 문파에 대적하기 위해서 무영검가는 세력을 키워야 합니다. 최소한 지금의 다섯 배는 돼야 합니다. 그래야 누구도 감히 넘보지 못할 것입니다."

아무도 묻거나 토를 달지 않고 그의 다음 말을 기다렸다. 그의 입에서 흘러나오는 말은 무영검가 내에서는 누구의 입에서도 나온 적이 없는 엄청난 내용이었다.

"지금부터 무림고수들을 엄선하여 모집하는 겁니다. 녹봉을 두둑하게 준다고 하면 구름처럼 운집할 것입니다. 돈이 얼마가 들든지 모을 수 있는 데까지 모으십시오. 그리고 돈 걱정은 하지 마십시오."

그의 말이 맞다. 무림인들은 불나방 같은 존재다. 무림인들은 크게 세 부류로 나눌 수 있는데, 하나는 돈을 벌기 위해 서고, 또 하나는 무도(武道)를 좇으며, 마지막 하나는 원한에 얽혀 있다.

그렇지만 돈을 벌려는 자들이 구 할 이상을 차지한다. 그러므로 돈으로 무림고수를 모으는 일은 그다지 어려운 일이 아니다.

오합지졸은 거둘 필요가 없고 최소한 쟁투십오급의 이중급(二中級) 이상 되는 실력자면 좋다.

"무영검가도 새로 짓고 무림오가의 다른 세가들하고 동맹을 맺으십시오. 무림에서 소림사 좋아하는 사람은 그다지 없으니까 어렵지 않을 겁니다. 그 일에도 돈이 필요하다면 아끼지 마십시오."

모두들 도무탄의 말에 취해가고 있다. 취하지도 않았는데 얼굴이 붉어졌고 주먹을 불끈불끈 쥐었다.

"처음엔 힘들 테지만 아무리 큰 바퀴라도 일단 구르기 시작하여 탄력이 붙으면 아무도 멈추지 못할 것입니다. 그때부터는 말 그대로 주판지세(走坂之勢)가 될 것입니다."

무영검가라는 거대한 바퀴가 무림 동쪽의 맹주가 되기 위해서 가파른 비탈길을 내리구른다.

중인들은 처음엔 얼토당토않던 도무탄의 말이 하나씩 아귀가 들어맞는 것을 느끼며 묘한 희열을 느꼈다. 그리고 동시에 어쩌면 이 무모한 듯한 계획은 될 수도 있다는 생각을 품기 시작했다.

특히 '아무리 큰 바퀴라도 한번 구르기 시작하면 멈추지 못한다'는 대목에 크게 공감했다.

"으흠!"

점점 더 도무탄이 마음에 드는 독고용강은 마침내 성난 황소처럼 거센 콧김을 내뿜었다. 그는 옆에 앉은 아내 능가려가 팔을 꼭 붙잡고 있지 않았으면 벌써 튀어 일어났을 정도로 흥분해 있었다.

정의롭고 호탕한 이 청년으로서는 꽤 오래 참은 셈이다. 그는 도무탄의 말에 흠뻑 매료되었다. 그래서 벌떡 일어나 흥분을 감추지 못하고 물었다.

"돈은? 돈은 충분한가? 돈만 든든하면 다 해결될 수 있을 거야!"

그는 생긴 것하고는 달리 생각이 꽤 깊어서 무영검가에서는 독고모사(獨孤謀士)라는 별칭으로 불릴 정도다.

그런데 그의 목소리는 그가 생각했던 것보다 훨씬 고함이어서 실내가 쩌렁쩌렁 울렸다.

도무탄은 미소를 지으면서 자신의 오른쪽 독고은한 옆에 앉은 한매선을 쳐다보았다.

"누님, 갖고 온 돈이 얼마나 되오?"

그는 평소에 한매선에게 하대를 하지만 여기에서는 그녀를 높여줄 필요성을 느꼈다.

한매선은 이곳에 있는 모든 사람을 충분히 매료시키고도 남을 만한 도발적인 아름다움을 뽐내면서 우아하게 미소 지으며 대답했다.

"금화로 갖고 왔는데 은자로 치면 이십억 냥이에요."

실내에 무저갱 같은 깊고 무거운 적막이 흘렀다. 은자 이십억 냥이라는 말에 모두들 압도되어 숨소리도 내지 않고 동작마저 멈추었다.

여기에 있는 사람들은 평생에 본 돈 중에서 가장 많은 액수가 몇 만 냥 단위이다.

몇 억도 아니고 무려 이십억 냥이라니 자신들이 이승을 떠나서 잠시 다른 세상에 온 것 같았다.

심계가 깊고 계산이 빠른 독고용강의 생각으로는 최소한 은자 천만 냥 정도만 있으면 무림고수를 대거 모을 수 있고 또 무영검가를 지금의 서너 배 규모로 짓는 것이 가능할 것 같았다.

그는 너무 놀라서 자신이 방금 뭘 물어보았고 무슨 말을 들었는지 기억이 나지 않는 듯 제자리에 털썩 주저앉았다.

한매선은 중인의 반응을 예상하고 있었다는 듯 미소를 지으며 말을 이었다.

"앞으로 무영검가는 북경성을 중심으로 여러 사업을 하게 될 거예요. 거기에 일차적으로 십억 냥 정도 투입할 것이고 차츰 증액하게 되겠지요."

그녀는 종이가 아닌 머릿속에 적어놓은 내용들을 실타래처럼 솔솔 풀었다.

"여러분이 무림고수들을 모집하는 동안 저를 도와서 무영검가의 몇몇 분은 북경성의 상권을 장악하게 될 거예요. 그리고 계획이 어긋나지 않는다면 무영검가는 머지않아서 하북제일의 부를 거머쥐게 되겠지요."

독고가의 사람들은 더 이상 의문을 품지 않았다. 도무탄의 계획이 워낙 철두철미해서 의문이 생길 틈이 없다.

도무탄이 단아한 목소리로 끝을 맺었다.

"단, 지금까지 말씀드린 것들은 제가 무영검가의 사위가 된다는 전제하에 가능합니다."

지극히 당연한 말이다. 도무탄이 이 모든 계획의 주동자인데 그가 무영검가의 사위가 되지 못한다면 한낱 공염불에 다름 아니다.

"제 계획은 여기까지입니다, 아버님과 어머님. 그리고 원로님들께선 어떻게 하실 것인지 숙의하신 후 말씀해 주시기 바랍니다."

독고우현을 비롯한 독고가 사람 모두는 너무도 엄청난 일이라서 어안이 벙벙했지만 얼마의 시간이 지나면서 차츰 안정을 찾았다.

사실 무영검가는 오래전부터 매우 극심한 돈고생을 하고 있는 중이었다.

아무리 무림오가의 하나인 무영검가라고 해도 사람들이 모여서 이룬 집단이므로 당연히 돈이 들어간다. 명성이나 실력만 갖고는 살 수 없다.

그래서 무림에 존재하는 수많은 방파나 문파들은 어느 하나 빠짐없이 사업이라는 것을 하고 있다. 조직을 유지하고 또 이득을 창출하기 위해서이다.

불문이나 도가에서는 시주를 받지만 엄밀히 말하면 그것도 사업의 일환이다.

무영검가는 북경성에서 표국 하나와 잡다한 점포 다섯 개, 그리고 무도관을 운영하고 있으며 거기에서의 수입으로 무영검가를 꾸려나가고 있었다.

그런데 허구한 날 적자다. 애초에 큰돈이 없었으니 큰 사업은 시작하지도 못했다.

십여 년 전에 번듯한 상단이라고 하나 꾸려봤는데 보기 좋게 실패해서 다 말아먹었으며 그때 본 손해의 여파가 지금까지도 이어지고 있었다.

그래서 그때부터 아니 할 말로 여기저기 돈을 꾸어다가 쓰고 있는 실정이었다.

무영검문이라는 문파 하나가 굴러가는 데 매월 은자 이백만 냥이 든다.

그것도 허리띠를 조르고 졸라서 그런 것이다. 지난 십여 년 동안 숱한 곳에서 돈을 빌린 탓에 갚아야 할 빚이 감나무에 연 걸리듯이 주렁주렁 매달려 있다.

짝짝짝!

갑자기 박수 소리가 세 번 터졌다. 사람들이 박수 소리가 난 곳을 쳐다보니 독고예상이 마지막 박수를 친 두 손을 모았다가 떼고 있다.

"그렇게만 된다면 무조건 찬성이에요."

돈에 포한이 맺히고 소림사에 원한을 품고 있는 그녀는 그걸 풀기 위해서라도 도무탄을 무영검가의 사위로 받아들이는 것에 찬성했다.

짝짝짝!

박수치는 것이 조금 늦어서 분하다는 듯 독고은한, 독고기상이 부리나케 박수를 쳤다.

짝짝짝!

"이, 이거……."

독고용강은 아내 능가려를 힐끗 쳐다보더니 둘이 동시에 힘차게 박수를 쳤다.

짝짝짝!

뒤이어 여기저기에서 박수가 와르르 터져 나왔다. 그리고 마지막 한 사람, 독고우현이 남았다.

도무탄을 비롯하여 모두들 독고우현을 쳐다보았다. 그가 박수를 세 번 치면 도무탄을 사위로 맞이하는 데 찬성하는 것인데 그가 반대를 할 이유가 없다. 사람들은 그가 그냥 뜸을 들인다고 생각했다.

잠시의 침묵이 흐른 후에 독고우현은 도무탄을 응시하며 조용한 목소리로 물었다.

"우리 연아를 사랑하는가?"

"……"

사실은 그게 가장 중요하다. 그런데 도무탄은 흠칫하더니 대답을 하지 않았다. 당연히 사랑한다고 대답할 줄 알았는데 약간의 시간이 흐르도록 가만히 앉아서 고개를 숙이고 있다.

그가 왜 그러는지 영문을 모르는 독고지연은 놀란 얼굴로 그를 바라보았다.

그리고 또 한 사람, 독고은한은 어떤 무서운 예감을 느끼고 고개를 숙인 채 가녀린 몸을 바들바들 떨고 있다. 그렇지만 도무탄을 가로막고 싶지는 않았다.

그녀가 의도한 것은 아니지만 이런 충격적인 방법으로라도 그와의 사랑을 모두에게 인정받고 싶었다.

그리고 만약 가문의 어른이나 형제들이 반대한다면 그녀는 사랑을 얻기 위해서 도무탄의 어떤 말에도 따를 각오가 되어 있다.

모두의 시선이 그를 향하고, 독고지연이 불안한 눈빛을 하고 독고가의 모든 사람이 긴장하고 있을 때 도무탄이 비로소 자리에서 일어섰다.

그는 두 손을 양쪽에 앉은 독고지연과 독고은한의 어깨에 얹고 놀라운 말을 꺼냈다.

"저 도무탄은 여기에 있는 연아와 한아 두 사람을 모두 사랑하고 있습니다."

추호도 예상하지 못한 말에 모두들 크게 놀라면서 아무 말도 하지 못하고 그만 바라보았다.

그는 독고우현에게 깊이 허리를 숙였다.

"아버님, 용서하십시오."

그는 허리를 숙이고 있으며, 모두의 시선을 받으면서 적막이 흘렀다.

"한아."

독고우현이 조용히 독고은한을 부르자 그녀는 화들짝 놀라더니 꿈을 꾸듯 부스스 일어섰다.

그리고는 눈물도 흘리지 않으면서 입술을 잘근 깨물고는 단호하게 말했다.

"소녀는 이 사람 도무탄을 사랑하고 있어요."

독고지연의 얼굴이 경악과 배신감으로 핏기 하나 없이 해쓱해졌다.

"이건 꿈이야. 말도 안 돼."

그녀는 용기를 내어 도무탄을 바라보았다.

"탄 랑⋯⋯."

도무탄은 그녀를 쳐다볼 용기가 없었으나 외면하는 것은 비겁하다고 생각했다.

"미안하다, 연아."

"아⋯⋯."

순간 그녀는 발딱 일어나서 대전 입구를 향해 엎어질 것처럼 달려나갔다.

"으흐흐흑!"

조용한 가운데 그녀의 흐느낌만이 실내를 사납게 할퀴었다.

독고은한은 이 엄청난 사건의 주인공이 자신이라는 사실을 감당하지 못하는 듯 쓰러질 것처럼 비틀거렸다.

그녀의 시선은 대전 입구를 향하고 있는데, 그녀가 바라보는 중에 독고지연은 대전 밖으로 나가 버렸다.

도무탄은 허리를 굽힌 채 석상이 된 듯 꼼짝도 하지 않았다.

그렇지만 그는 독고은한과의 일을, 그리고 이 자리에서 그 사실을 털어놓은 것을 절대로 후회하지 않았다.

모두들 그와 독고지연과의 혼인을 허락할 테지만, 그러면 독고은한은 어찌 된다는 말인가.

그녀의 가슴은 갈가리 찢어지고 속으로는 피눈물을 흘릴 터이다. 거기에 생각이 미치자 그는 앞뒤 가리지 않고 이 일을 저지를 수밖에 없었다.

탁탁탁탁—

그때 밖에서 누가 다급하게 뛰어 들어오는 소리가 들렸다.

모두의 시선이 대전 입구로 향했다. 다들 독고지연이 되돌아오는 것이라고 생각했다.

그러나 달려들어 온 사람은 뜻밖에도 독고우현의 대제자 윤성이었다. 그는 사색이 되어 독고우현을 보며 외쳤다.

"사부님! 밖에 무림추살대가 와 있습니다!"

도무탄의 얼굴이 얼음장처럼 차가워지더니 밖을 향해 쏜살같이 쏘아 나갔다.

『등룡기』 6권에 계속…

마in화산
FANTASTIC ORIENTAL HEROES
용훈 新무협 판타지 소설
무림공적, 천살마군 염세악!
검신 한호에게 잡혀 화산에 갇힌 지 백 년.
와신상담… 절치부심… 복수무한…
세월은 이 모든 것을 잊게 하고
세상마저 그를 잊게 만들었다.
하지만.
"허면 어르신 함자가 어찌 되시는지……."
우연한 만남, 자신도 모르게 튀어나온 원수의 이름.
"그게… 한, 한호일세."
허무함의 끝에서 예기치 않게 꼬인 행로.
화산파 안[in]의 절세마인, 염세악의 선택!
Book Publisher CHUNGEORAM
www.chungeoram.com

수십 년 전, 용병왕의 등장으로 생겨난
왕국과 용병의 세계.
평소엔 한없이 가볍지만 화나면 누구보다 무서운,
놀고먹고 싶은 그가 돌아왔다!

하지만 바람과는 달리 과거 그의 앙숙과 대륙의 판도는
도저히 그를 놓아주질 않는데……

"용병은 그냥, 돈 받고 칼을 빌려주는 놈들이니까."

그의 용병 철학은 단순했다.

"물론, 누구에게 빌려주느냐가 문제겠지?"